ラルーナ文庫

転生ドクターは聖なる御子を孕む

春原いずみ

三交社

CONTENTS

Illustration

北沢きょう

転生ドクターは聖なる御子を孕む

本作品はフィクションです。
実際の人物・団体・事件などにはいっさい関係ありません。

ACT1

僕は闇《やみ》の中にいた。

底知れない真の闇。どこまでも墜《お》ちていきそうな……上も下もわからない本当の闇。

怖い……怖い。

手を伸ばして、何かを摑《つか》んだ。柔らかくひんやりとした感触。そして……ふわりと僕を包む甘く濃厚な香り。

〝花の……香り？〟

意識がふうっと浮かび上がる。同時に、すべての感覚が戻ってくる。

僕を包むのはとろりと甘い花の香りだ。少し寒い。そして、軽やかな小鳥のさえずり。

「ここは……」

目を開ける。光は蜂蜜《はちみつ》の色。僕の上に広がる空はきれいな薄紫。

「ここは……どこ……？」

視界いっぱいの空を見て、僕は自分が横たわっていることに気づく。

倒れたのか？　転んだのか？　とりあえず起き上がって……僕はまた呆然《ぼうぜん》とすることになる。

「ここは……」

僕は、咲き乱れる白い花がふわふわと散る中に横たわっていた。なんの花だろう……とても甘い香りのする美しい花。そうだ……この花は……マグノリア。いつ咲く花だっただろう……。そう考えて、僕ははっと我に返る。

ここは……どこだ？　ここは……何か……違う……。

ゆっくりと視線を巡らせると、花びらの間から見えたのは……白亜の城だった。いや、とても大きな邸宅なのかもしれないが、真っ白な石で作られた見上げるほどに大きな建物は、どう見てもお城だった。それも……おとぎ話の絵本で見たような。さらに視線を上げると、本当に童話から抜け出したような尖塔《せんとう》までもそびえ立っている。僕は信じられないものを見ている思いで、思わずつぶやいてしまう。

「なんで……こんなもの……」

「おまえは誰《だれ》だ」

唐突に響いた声に、僕は驚いて振り返った。

「誰……？」

ふわっとした白いブラウスとベージュっぽいぴったりとした膝《ひざ》までのキュロット、膝から下は白いソックスに包まれている。肩から羽織ったマントの真紅が艶《つや》やかで、とてもきれいだ。そこにすっと立っていたのは……。

〝……本か何かで見たことある……〟

そう……こんな人もおとぎ話の絵本で見た……あれは……いつ？　どこ？　頭がひどく痛い。混乱している。

「おまえはなぜ、こんなところにいる」

よく響く、はっきりとした声。ゆっくりと目を見開いて、僕はその人を見つめる。

〝……きれいな……人だ〟

さらさらと風に揺れる髪は、背中の真ん中くらいまであり、透き通るようなプラチナブロンド。僕を見つめる瞳《ひとみ》は、湖の色の深いブルー。すっきりと涼しげに整った顔立ちは、落ち着いた大人のもので、年の頃は二十代の半ばから後半くらいだろうか。

「どこから入ってきた。どうやって、衛兵たちの目をごまかした」

「いえ……」

戸惑いながら、掠《かす》れた声で答えかけて、僕ははっとする。

〝何、この言葉……〟

彼がよく響く声で綴《つづ》る言葉は、僕がまったく聞いたことのない言葉だった。それほど、いろいろな言語を知っているわけではないが、それでも、ある程度ポピュラーな言語なら、話したり意味を取ったりすることはできなくても、なんとなく何語かくらいは想像がつく。しかし、その僕のボキャブラリーの中に、彼の話す不思議に美しい響きを持つ言葉はなかった。

「わかりま……せん……」

彼の問いに答えて、そして、僕はまた驚愕《きょうがく》する。

〝僕は……何を言っている……何を……聞いている？〟

まったく知らないはずの言葉を、僕もまた口にしていた。なんのためらいもなく、当然のように。たとえて言うなら、ちょうど同時通訳のような感覚だろうか。二つの異なる言語が、僕の頭の中で二重写しになって響いている。

「ここは……どこですか……？」

思わず尋ねた僕に、彼は少し驚いたような顔をしてから、ふっと軽く笑った。

「おまえは、ここがどこか知らずに迷い込んだというのか？」

「あ、いえ……」

衛兵がいるというなら、ここはおそらくやんごとなき人の住む場所なのだろう。

〝お城に王子さま……？　まさか……ね〟

「まぁ……いい」

彼は柔らかな笑みを浮かべたまま、すっと手を伸ばした。僕の白く細い腕を軽く掴んで、身体《からだ》を起こしてくれる。

「こうして見る限り、どうやらおまえは非力なようだから、暗殺者ということもあるまい」

妙に物騒なことを言うと、彼は肩にかけていたマントをすっと外した。黒に近い深い赤のマントを開くと、僕の身体の上にかけて、くるっと包み込んでくれる。そして、そのまま軽々と抱き上げられた。

「え……っ」

びっくりして、びくりと身体を震わせてしまった僕だが、彼は動じることもなく、すっと足を踏み出す。まったくためらいのない仕草だ。

「暴れると落とすぞ」

「え、あの……」

すらりと細身に見えた彼だが、どうやらしっかりと筋肉はついているらしく、僕をお姫さま抱っこで抱き上げても、その足取りは軽快で、重さなど感じないかのように、少し早足でお城の中に入っていく。

「あ、あの……っ」

「ここは私の私室だ。誰も入ってはこない。ゆっくりと休むがいい」

ふわりと僕をベッドに下ろしてくれる。大きな白いベッド……硬いベッドだけれど、寝心地は悪くない。

「身体が……傷だらけだ」

彼に指摘されて、僕はその時初めて、とんでもないことに気づいた。

身体を包んでくれていたマントを彼が外すと、僕は……何も着ていなかった。下着すら着けていない裸だった。あまりの恥ずかしさに飛び起きようとしたが、彼は少し笑っただけだ。

「おまえの肌は柔らかいのだな。おまえが倒れていたあの花園には、柔らかな棘《とげ》のようなものがある草木もある。あれで傷ついたのだろう」

彼の手が、僕の頬《ほお》に軽く触れる。少しひんやりとした滑らかな手が、僕の頬をそっと撫《な》でて。僕はふと、彼と視線を合わせた。

〝え〟

彼の瞳を見つめた瞬間、身体の奥がざわりとした。身体の一番深いところに突然熱いものが溢《あふ》れる泉が湧《わ》いた……そんな感覚だ。

〝なに……これ……〟

お腹の奥の方がじわりと熱い。そして、なんだか喉《のど》が渇く……。思わず乾いた唇を舐《な》めてしまって。これは……この感覚は……知っている。

「あ……」

彼の髪がさらりと額を滑って……見つめる瞳はオッドアイだった。

左右の瞳の色が異なるのがオッドアイだ。彼の瞳は、左がダークブルー、右が銀色に見えた。たぶん、透明度の高いグレイなのだろうが、光の入り方なのか、銀色に輝いて見えて、その瞳を見た瞬間に、僕の全身は燃え立つようにかっと熱くなった。

「おまえは……」

彼も僕の瞳をじっと見つめている。とても驚いた顔で。まるで引き合うかのように、僕たちは見つめ合う。

「おまえは……誰だ？」

彼がそっと長い指で、僕の目元に触れた。

「そうか……白い花の中に現れる……おまえが……そうなのか？」

彼が少し目を見開く。より銀色の輝きが強くなって、まるで光を放つようだ。その瞳を見つめていると、より身体の奥の疼《うず》きが激しくなってくる。

この感覚は知っている。でも、どうして。

〝どうして……？　ベッドだから……？　裸……だから？〟

この身体の疼きは……。

「僕は……」

彼が指を触れている右の目元が熱い。どくどくと血の巡りを感じるくらいに熱い。そして、その熱はやがて僕の素肌をも飲み込んで、全身がかっと熱くなっていく。

「僕は……セナです」

今まで、まったくと言っていいくらい忘れていた、思い出せなかった自分の名前がすっと口から出た。

「セナ……か」

彼が、ベッドに横たわった僕の顔の横に軽く手をついた。ベッドが少し沈む。近づいてくる彼は美しかった。さらさらと肩口からこぼれるプラチナブロンドが、僕の裸の胸に触れる。その微《かす》かな刺激だけで、僕は声を上げそうになってしまう。

「私は……リシャールだ」

彼が初めて名前を教えてくれる。宝石のような響きの美しい名前だ。そして……どこか

懐かしく……愛《いと》しい名前。知らないはずなのに、初めて聞くはずの名前なのに、なぜか懐かしい。涙がうっすらとにじんでしまうくらいに愛しい名前。

「リシャール……」

「ああ、そうだ」

彼……リシャールが微笑《ほほえ》む。優しく、僕の勘違いでなければ、とても愛おしそうに。

「セナ……おまえを待っていた」

「僕を……？」

僕も手を伸ばして、彼の右目の近くに指を触れる。銀色に輝く彼の瞳は、まるでダイヤモンドのようだ。きらきらと艶やかに光を降りこぼす美しい瞳。

「ああ、おまえをずっと……待っていた。生まれた時から……ずっとおまえを待っていたんだ」

彼が何を言っているのかわからない。

生まれた時から僕を待っていた？　でも、僕は彼を知らない。知らないはずなのに。

彼のしなやかな指が、僕の唇を優しく撫でてくれる。

「セナ、おまえが……ほしい」

突然すぎる告白。僕はあなたのことを何も知らない。ここがどこで……自分が誰なのかも知らない。それなのに。

「待って……っ」

彼の顔がすっと近づいてきた。もしかして、彼は僕に口づけようとしている……？

「待ってください……っ」

反射的に言った僕に、彼は少し不思議そうな顔をしている。

「なぜだ？　なぜ、待たなければならない。ずっと……ずっと、おまえを待っていたのに」

彼の指が僕の唇から顎《あご》、そして、肩先、胸元へと滑っていく。

ほっそりとしなやかではあるが、指先はきっちりと硬くなっていて、優美ではあるが、彼が間違いなくたくましい男性である証《あかし》だ。

「……っ」

彼の指が、僕の胸でふっくらと膨れた乳首の先を軽く撫でた。それだけで、ひくりとお尻《しり》が浮き上がってしまって、僕は自分の身体の反応に戸惑う。

〝なん……で……っ〟

「可愛《かわい》らしいな」

彼の唇が僕の乳首に触れ、柔らかくあたたかな舌先でゆっくりと味わう。

「そんな……こと……っ」

同性である彼にこんなことをされて、拒まなければいけないと思うのに、まるで身体は縫い止められたように動けず、そして、体内深くに生まれた熱は、明らかな疼きで、僕の肌をしっとりと濡《ぬ》らし始めていた。

「まるで……愛らしい花の蕾《つぼみ》のようだ」

「あ……っ！」

いつの間にか固く実ってしまった乳首を吸われて、僕は声を上げてしまっていた。それは……驚くほどに甘くうわずった声だった。

「だめ……っ！　ああ……っ」

何も身に着けていない僕は、彼の愛撫《あいぶ》を拒めない。彼に触れられると、身体の力が抜けたようになって、拒めない。身体に力は入らないのに、なぜか肌は敏感に彼を感じ、そして、身体の奥がぞわりと蠢《うごめ》く。

そう……これは間違いなく……性的な疼きだ。素肌を合わせて愛し合いたい……そんな激しい衝動。

〝僕は……どうしてしまったんだろう……〟

「……そんなに震えなくともよい」

彼が優しく微笑んだ。僕の瞼《まぶた》にそっとキスをして、頬を撫でてくれる。

「おまえと私は……運命に結ばれている。おまえに……苦しい思いはさせない」

そして、彼がすっとブラウスを脱いだ。滑らかな胸、しっかりと張った肩、細く締まった腰のラインがきれいだ。

「僕を……どうするのですか」

僕は彼の美しい瞳を見つめていた。

あなたと出会って、まだほんの少ししか時間は経っていないのに、なぜだろう。あなたのすべてが愛しくて、懐かしくて……そして、恋しい。

「もう、わかっているのだろう?」

彼が僕の唇に優しく触れる。

「……待って。待ってください……っ」

僕は、この人に抱かれてしまう。出会ったばかりのこの人に。

「お願い……待って……っ」

僕の身体は震えていた。

しかし、寒いとか怖いとか……そういうことではなく、強いて言うなら、それは渇望だった。

あなたがほしくて……あなたの体温、あなたの熱さがほしくて。
〝僕は……あなたを知っている……〞
あなたの肌の熱さ……あなたの吐息……あなたのすべて。
〝僕は……あなたがほしい……〞
身体の奥から湧き上がるような、激しい欲望。
微笑む彼の唇が、僕の唇に触れる。
〝だめ……だ……こんな……こと……っ〞
彼とキスを交わしてしまう。初めて会ったはずの人なのに、彼から求められる間もなく、僕は薄く唇を開く。ごく自然に彼の甘い舌が滑り込んできて、僕は戸惑うこともなく、そこに舌を絡ませていく。微かな声を洩《も》らしながら、僕は甘く深いキスに酔う。
〝こんなこと……いけないのに……〞
理性と本能が、僕の中でせめぎ合う。心と身体がばらばらだ。
彼が僕の素肌に素肌を重ねてきた。僕は彼の滑らかな背中を抱きしめる。
会ったばかりの人と、キスを交わし、そして、身体を重ねてしまう。恐ろしく罪深い、淫《みだ》らな行為。僕の理性は拒むのに、僕の本能は彼を抱きしめる。
〝やっと……会えた……〞

頭の中に、熱く燃え立つ身体の奥に、自分の声が響いている。

〝あなたに……やっと会えた……〟

「ん……う……ん……」

甘い声を洩らしながら、僕と彼は固く抱き合い、幾度も幾度も唇を重ねる。

言葉を交すよりも、身体を重ねて、ただ愛し合いたい。

こんなことはおかしいのではないか？　あり得ないのではないか？

頭の片隅にある理性はそう疑問を投げかけてくるが、本能がその理性を凌駕《りょうが》する。ただ衝動に駆られるままに、僕は彼を抱きしめ、彼は僕を抱きしめる。

「ああ……早くおまえに会いたかった」

指先からつま先まで、素肌を合わせる。黄昏《たそがれ》時、薄紫の光の中。彼の銀色の瞳が妖《あや》しく光る。

「……きれいだ……」

彼のしなやかな指が、僕の胸を滑る。柔らかい肌をそっと撫で下ろされて、僕はこくりと喉を鳴らす。

「……ん……っ」

彼の指がぷくりと膨らんだ乳首に触れた。ゆっくりと優しく揉《も》まれて、思わず声を上げてしまう。

「あ……あ……ん……っ」

コリコリに尖《とが》った先端を幾度も撫でられて、はしたなくお尻が浮き上がる。

「ああ……ん……っ」

「可愛い……声だ」

彼が少し笑う。僕のお尻を両手で掴み、柔らかく揉みながら、熱く疼く乳首を再びきゅっと強めに吸った。

「ああ……っ！　あ……あ……ああ……ん……っ！」

ブリッジするように大きく反り返って、彼に胸を差し出す。

もっと……もっと……。

「だ……め……っ」

言葉だけは拒んでいるのに、身体は彼を求める。お尻から太股《ふともも》の内側へと撫でてくる彼の指に応《こた》えて、膝を立てて、大きく足を開く。

僕の身体は知っている。どうすれば、彼と愛し合えるか。どうすれば、彼を受け入れることができるか。どうすれば……彼と繋《つな》がることができるか。

「おまえがほしい」

命令することに慣れた人の優しくも拒むことを許さない口調に、僕の身体はとろけていく。あられもなく身体を開いて、彼を受け入れるためにひくつき始めている蕾に、無意識のうちに震える指を入れていく。

〝うそ……〟

そこがすでにあたたかく濡れそぼっていることに、僕は驚愕する。

「どうし……て……っ」

「……もう……こんなに溢れているのか……」

彼のしなやかに強い両腕が、僕の両脚を大きく左右に開く。そのまま、僕の腰を高く抱き上げて、そして。

「あ……ああ……っ！」

ほぼ真上から一気に突き入れられた。反射的に彼の背中に回した指に力が入り、彼の滑らかな背中に爪《つめ》を立ててしまう。

「ああ……ん……っ！」

燃えるように熱い彼が体内深くに打ち込まれた。めりめりと身体が二つに裂けてしまいそうなくらいに大きくなったものが、信じられないくらい奥まで入ってくる。

「い……いや……っ……だめぇ……っ！　あ……ああ……っ」

「ああ……おまえは……いい……」

彼の掠れた声がどきどきするくらい色めいて聞こえる。

「柔らかくて……熱くて……吸いつくようだ……」

「ああん……っ！」

ずくりと突かれて、僕は高い叫び声を上げてしまう。

「あ……っ、あ……っ、あ……っ！」

幾度も幾度も激しく突かれて、僕は叫び続ける。

「ああ……ん……っ！　あ、ああ……んっ！」

泣き叫びながら、僕は彼に揺さぶられ続ける。

「い、いや……だめ……だめぇ……っ！」

拒む言葉と裏腹に、僕の身体は彼を身体の奥深くまで受け入れる。深々と彼を食《は》み、さらに奥へ迎え入れようと、淫らに腰を蠢かす。

「あ……っ！　あ……っ！　熱い……っ、あつ……い……っ」

「おまえを……壊してしまいそうだ……」

彼が少しだけ苦しそうにささやく。

「もう……我慢できそうに……ない……」

「ああ……ん……っ！」

思い切り奥まで押し込まれて、僕は大きく仰《の》け反《ぞ》り、無意識のうちに両手にベッドのシーツを摑む。

「ああ……っ！」

溢れてしまいそうなほどたっぷりの蜜が体内に放たれる。

「こぼれ……る……っ」

身体がふっと浮きそうなほど強い快感の波に揺られている僕から、彼がゆっくりと身を退《ひ》くその瞬間、僕は自分でもびっくりするくらい甘い声でつぶやいてしまっていた。

「行かない……で……」

乱れたシーツの上で、彼に抱きしめられる。

「……セナ」

彼が不規則に身体を震わせる僕の瞼にキスをする。

「我が運命の番《つがい》……やっと……おまえに会えた」

暗闇の中で、僕はふっと目を開けた。

指一本動かすのもつらいくらいに、全身が軋《きし》むような痛みを訴えている。

「目が覚めたのか?」

何も見えない。本当に何も見えない闇の中。彼の声が耳元でささやいてくれた。こくりと頷《うなず》きかけて、ああ、この闇では何も見えないなと思い直して、はいと言う。

「身体は大丈夫か?」

優しくしなやかな腕が、僕の裸の肩を抱き寄せてくれる。

「……少し……つらいです」

正直に言うと、彼は柔らかく笑って、僕の唇に軽くキスをしてくれた。

「無理をさせてしまった。おまえに夢中になった」

初めて会った人と、初めての行為をしてしまった。

「おまえは……まだ誰も知らなかったのだな」

彼の低く柔らかな声に、僕はこくりと頷いた。

この身体に誰かを受け入れたことはない。僕の反応でわかったのだろう。

「……すまなかった。おまえがほしくて……仕方がなかった。私の大切な……セナ」

「……リシャール」

僕は彼の胸に抱かれながら、そっと尋ねた。

「どうして、あなたは僕を……愛したのですか？　僕は……あなたの庭に迷い込んだ怪しい……者なのに……」

「セナ」

彼は優しく僕の瞼に指を触れた。滑らかな指先が僕の右の瞼を繰り返し撫でてくれる。

「私はおまえをずっと待っていた」

「僕を……？　でも、僕は……」

僕は……ここは……？

「いずれ、わかる」

彼はそう一言だけ言って、僕を改めて腕の中に抱いてくれる。

「おまえの、この美しい瞳が何よりの証拠だ。おまえは私がずっと待っていた……たった一人の番だ」

僕の瞼に口づけて、彼はふっと深くため息をつく。

「もう少し眠ろう。朝は……まだ来ない」

薄青い月明かり。瞬く満天の星。低く流れる甘い花の香りに包まれて、僕は再び目を閉じる。

朝は……まだ来ないから。

ACT2

「よくおいでなさいました」

深い森を抜けたところにあったのは、堂々たる石造りの館だった。その前に立ち、リシャールの駆る白馬を迎えたのは、がっしりとした体格の美丈夫だ。長い髪をオールバックにしてまとめ、首の後ろあたりできりりと結んでいる。彫刻の男性像のように引き締まった顔立ちの男は、リシャールが着ているものよりも、ややごつごつとした感じの織物のチュニックを着ている。年の頃はリシャールよりもずいぶん上で、壮年といったところか。

「リシャールさま、このわび住まいまでのわざわざのお運び、恐悦至極に存じます」

深く響く低音は、聞いているだけで包み込まれるような安心感を与えてくれる。

「相変わらず、森は美しいな、シモン」

ストンと馬から下りて、リシャールは微笑んだ。

「森も館も変わらぬ。ここに来るとほっとする」

「そう言っていただけると、ナーズの森を守る者としては、嬉《うれ》しゅうございます。おや……」

シモンと呼ばれた美丈夫は、ふとリシャールが下りたばかりの白馬の背を見た。そこには、まだもう一人乗っていたからだ。

「リシャールさま？」

「ああ」

シモンの視線に、リシャールは頷く。

「今日は、頼みがあって来た。おまえにしか頼めぬことだ」

リシャールの言葉に、シモンは少し首を傾《かし》げて、馬上の客人をじっと見つめた。

「……っ」

シモンの思慮深い瞳が一瞬、おやと見開かれ、そして、彼はああと深く頷いた。

「……承知いたしました。リシャールさまのお心、読めたように存じます」

そして、シモンはすっと馬に近づくと、一人で下りられずに困っていたセナに向かって、両手を差し伸べる。

「あ、あの……」

「お客人、私はシモン。このナーズの森を守る者にして、リシャールさまを心からご尊敬申し上げる者にございます。ご心配なきように」

「あ、いえ……」

セナは耳まで赤くなりながら、おずおずと両手を差し出して、シモンのたくましい腕に抱かれ、馬から下りた。

朝になり、どうにかセナが動けるようになると、リシャールはそっと召使いを呼び、湯浴みをさせ、まだ静かな城から抜け出したのだ。そして、愛馬にセナを乗せて、城から離れた森に分け入り、この大きな館に着いたのである。

「セナ」

すっとリシャールが馬に乗り直す。すらりと細身に見えるが、きっちりと鍛え上げているのだろう。その動きはとても滑らかだ。軽く愛馬の首を叩《たた》いてなだめてから、彼は馬上から手を伸ばして、セナの艶やかな黒髪をさらりと撫でる。

「シモンは、私が最も信頼している者だ。私が迎えに来るまで、おまえを預かってくれる」

「僕を……預かる？」

セナは軽く首を傾げた。

「あの、僕は……」

「セナさま」

シモンが低く深い声でなだめるように言う。

「どうか、リシャールさまの仰せのままに。ご不自由のないよう、十分にお世話をいたしますので」

「いえ、あの、僕は……そんな……」

セナは周囲を見回す。

シモンの着ているものも、やはりリシャールと同じ、とてもクラシカルに感じるものだ。いや、クラシカルというよりむしろ、セナの目から見ると、なんだか映画か演劇の世界に迷い込んだような感覚だ。

昨日、セナが突然現れたリシャールの住む城もそうだし、この石造りの館も、まるで映画のセットだ。しかし、彼らの馴染《なじ》み方、ごく自然な身のこなしから見ると、やはりここは……こういう世界なのだろう。

〝僕は……どこから来たんだろう……〟

セナは、自分がこの世界に初めからいる人間ではないことがわかっている。信じがたいことだが、おそらく、自分はどこか別の世界からここに迷い込んでしまったようだ。

〝そんな馬鹿なことが……〟

否定しようと首を横に振っても、やはり、この中世ヨーロッパを模したような世界に自分はいて、聞いたこともない言葉を話し、着たこともないような衣装を着て……そして、初めて会った人と、息もできないような激しい愛の行為をしてしまった。

「そんな顔をするな」

リシャールが優しく微笑んでいる。陽に透けるプラチナブロンドと、サファイアとダイヤ、二つの宝石のようなオッドアイ。美しすぎる人の微笑みに、セナは見つめていることもまぶしすぎて、そっとうつむいてしまう。

「どんな……顔ですか」

セナの問いに、リシャールはささやくように答える。

「寂しくて……仕方のない顔だ」

寂しい。

確かに、セナは寂しくて仕方がない。この美しい人から離れたくない。いや、離れてはいけない。彼と離れると考えただけで、ぎゅうっと胸が絞られるように痛む。

「リシャール……っ」

セナは思い切って顔を上げる。

「僕を置いていかないでください……っ」

「セナさま」

リシャールに取りすがろうとするセナを、シモンが抱き留める。

「どうか、お静まりください」

「でも……っ」

「セナ」

再び、リシャールが馬から下りた。両腕を広げて、セナを抱きしめる。

二つの身体は、こんなにもぴったりと寄り添う。初めから一つのものだったかのように。

「案ずるな。すぐに迎えに来る。おまえを……私の隣に迎え入れるための準備が必要なのだ」

「僕を……」

「そうだ」

リシャールは頷く。

「愛している、セナ。忘れるな。おまえは……私のものだ」

耳たぶを震わせる熱いささやき。身体の奥に深く愛された感覚が蘇《よみがえ》る。

〝愛して……いる……〟

当たり前のように与えられた言葉。

〝僕は……この人を愛している……〟

愛しくて、離れたくなくて、恋しくて。

そう、人はきっとこれを恋と呼び、愛と呼ぶのだろう。

恋をするのに、時間は必要だろうか。人を愛するのに、順番は大事だろうか。

嵐《あらし》の中を駆け抜けるような、そんな恋の始まり。

それは運命と呼ぶべきものなのかもしれない。抗《あらが》うことを許されない、生まれ落ちた瞬間から二人に定められたものなのかもしれない。

「……はい」

うなじまで染めて、こくりと頷いたセナの瞼に軽く口づけて、リシャールは馬上の人となった。

「シモン、セナを頼むぞ」

シモンがすっと片膝をついた。両腕を交差して、胸の前に当て、深く頭《こうべ》を垂れる。

「お任せくださいませ。セナさまは大切にお預かりいたします。その日が来るまで」

シモンの言葉にしっかりと頷くと、リシャールは少し切なげにセナを見つめ、そして、何かを振り切るかのように一気に走り去っていった。

「リシャール……」

あっという間に視界から消えていく愛しい人の姿。立ち尽くすセナの肩をシモンの大きな手がそっと抱き寄せてくれる。

「セナさま、どうぞ、中へ」

「……」

セナは少し怯《おび》えるように、シモンを見上げた。いかつい感じの容姿だが、その瞳はとても優しい。

「あの」

ひんやりとした石造りの館の中に入り、ゆっくりと広い廊下を踏みしめる。中はどうやら二つのエリアに仕切られているようだ。エントランスを入って、右側は人が大勢いるらしく、がやがやと賑《にぎ》やかに声が聞こえるが、シモンがセナを招いた左側のエリアはしんとしていた。

「僕は……ここにいてもいいのでしょうか」

どういう尋ね方をすればよいのかわからず、セナは小さな声で言った。

「僕は海のものとも山のものともしれない者です。そんな僕をどうして……」

「私は幼少の頃よりリシャールさまをよく存じ上げております」

シモンは穏やかな口調で言った。

「あの方のご気性やお立場は十二分に理解しております。あの方が仰《おっしゃ》ることには間違いがありません。リシャールさまがあなたを守れと仰せになったから、私はあなたを大切にお預かりし、お守りする。ただ、それだけのことです」

シモンはそう言いながら、一つの部屋のドアを開けた。美しい花の咲き乱れる庭を見渡せるその部屋には、可愛らしいベッドと小さな木のテーブルと椅子《いす》とチェストが置かれていた。ちょうど、一人で寝起きするのにぴったりのこぢんまりとした部屋だ。

「さぁ、こちらです。この館には、私ともう一人しか住んでおりませんので、ゆっくりとおくつろぎください」

「え……?」

セナは少し目を見開いた。

「もう一人だけ?」

「はい。ニコラという、親族の子供が一緒に暮らしております。後ほど、ご挨拶《あいさつ》いたします」

シモンの言葉に、セナは首を傾げる。

「先ほど、たくさんの人の声が聞こえたような気がしたのですが……。僕の気のせいでしょうか」

セナの戸惑い気味の問いに、シモンはおやと笑った。

「セナさまは耳がよろしいのですね。実は、この館には、病を得たり、けがをしたりした者が助けを求めてくるのです」

「病やけが……？」

「シモンさま、どちらですか？　シモンさま！」

その時、甲高い子供の声がした。はっと顔を上げるセナに、シモンは微笑みながら頷いた。そして、声を張る。

「ニコラ、ここだ！　マグノリアの部屋だ」

少し不規則なパタッパタッという足音がして、ドアが開いた。

「シモンさま！」

元気な声がして、さっと風のように飛び込んできたのは、栗色のふわふわとした髪が可愛らしい少年だった。年の頃は十二歳くらい。この子がニコラなのだろう。

「すぐにいらしてください！　湖の一族の者が馬から落ちたと！」

「ニコラ」

シモンが落ち着いた口調で少年をたしなめる。

「静かにしなさい。リシャールさまの大切な方がいらっしゃるのだぞ」

「シモン……さん」

セナがそっと言う。

「僕のことはお構いなく。ここに置いていただけるだけで」

そして、セナはふっとニコラを見た。栗色の髪と大きな栗色の瞳がとても可愛らしい美少年だ。無意識なのか、彼は右膝を軽く曲げて、足を浮かせるような形で立っている。

「君……足をどうかした？」

「え」

ニコラが少し後ずさり、そして、痛いと微かに声を上げた。セナはさっとニコラに駆け寄る。

「さ、座って」

部屋の中に導き入れて、椅子に座らせる。そして、その前にすっと膝をつくと、少年の足首に軽く触れて、その動きや腫《は》れ具合を確認する。

「……少し挫《くじ》いているようだね。痛いだろう？」

見上げたセナの瞳を見て、ニコラはびっくりしたように固まっている。セナはそれには気づかずに、周囲を見回した。すぐにシモンが気づいたらしく、すっと姿を消し、じきに戻ってきた。

「セナさま」

差し出されたのは、白い布を長く切ったものと薬草をつぶして、やはり布に塗りつけたものだった。包帯と、おそらく湿布の代用になるものだろう。

「こちらを」

「ありがとう」

シモンが差し出したものを受け取り、セナはニコラの足首にその薬草を当てて、くるくると器用に布を巻いていく。それは明らかに手慣れた仕草だった。

「……これでいい」

布の端を挟み込んで止めて、セナは微笑んだ。

「無理をしないように。今日と明日くらいは、あまり走ったりしない方がいい」

「……」

コクンと頷くと、ニコラはぱっと立ち上がり、少し足を引きずりながら、足早に部屋を出ていってしまった。

「いい子なのですが」

その後ろ姿を見送って、シモンが苦笑しながら言う。

「あの子が生まれてじきに母親を亡くしまして。一族の間をあちこち行ったり来たりしながら育ったもので、少し人を恐れるところがあります。すぐにセナさまにも慣れるかと

「……」

「あの」

シモンの言葉に、セナは少しためらいながら言った。

「その……さまはやめてください」

「はい？」

シモンが軽く首を傾ける。セナはうつむきながら言う。

「リシャールにさまが付くのはわかります。でも……僕は」

「……わかりました」

セナの遠慮がちな抗議に、シモンは優しく頷いた。

「それでは……セナと呼ばせていただきましょう。あなたも、私のことはシモンと」

「いえ、それは……」

「それでは……マスターとお呼びしましょうか？」

いたずらっぽく笑うシモンを、セナはびっくりしたように見つめてしまう。

「マスター……？」

シモンはニコラが座っていた椅子をテーブルの下に片付けながら言った。

「どうやら、あなたはけがを手当てする術《すべ》を心得ておられるようだ。先ほどの手際など、私よりもはるかに慣れていると拝見しました。私は薬草の調合などには、それなりの知識がありますが、いわゆるけがの手当てはあまり得意ではありません。ニコラの方が上手いくらいです」

セナは意外な指摘に思わず固まってしまう。

〝僕が……けがの手当てに慣れている……？〟

「あなたはおそらく、ここに来る前にはそうした仕事をしていたのでしょう。ニコラのわずかな足取りの不自然さに気づいた目。ためらいのない手当ての仕方。そして……先ほどのあなたは、今のあなたと違って、怖《お》ず怖《お》ずとしたところはまったくなく、とても自然に振る舞われていたようにお見受けしました。いかがでしょう？」

確かに、けがの手当てをする時、不思議と手慣れた感覚があった。

〝僕は……人のけがの手当てをしたことがある……〟

一瞬、ふらっとした。思わず、テーブルに手をついてしまう。

「セナ……っ」

「大丈夫……」

頭の中で、少しずつ開いていた記憶の扉が、一気にぱぁっと開け放された感じがした。

そこから溢れるのは……光ではなかった。

光ではなく……それは。

小野里瀬奈《おのざとせな》は、ゆっくりと階段を昇っていた。

『あなたはつまらないの。あなたといても、少しも楽しくないの』

数日前に婚約者から突きつけられた言葉が、今も頭の中をぐるぐると回っている。

「つまらない……か」

足が重い。瀬奈が机を置いている医局は四階だ。夜勤明けに、この階段を四階まで上がるのはつらいのだが、朝のエレベーターはとても混んでいて、患者やナースを押しのけて、医師である瀬奈が乗り込むわけにはいかない。結局、二台ほど見送ったところで諦《あきら》めて、よろよろと階段を昇り始めたのだ。

数日前、仕事帰りにたまには外食でもしようと歩いていたところ、高級フレンチレストランから、腕を組んで、肩を寄せ合って出てきたカップルに出くわした。それが、婚約者と……大学時代からの親友だった。

二人は、どこからどう見てもカップルだった。いやむしろ、瀬奈と婚約者よりも、もっともっとお似合いに見えた。思わず、その場から逃げ出してしまった瀬奈に、婚約者から三行半《みくだりはん》とも言えるメールが届いたのは、その数時間後だ。

「まぁ……そうかもな」

婚約者とは、学生時代からのつき合いだ。長いつき合いだしと、お互いの両親や周囲の友人たちにも強く勧められて、昨年婚約したのだが、整形外科医として、総合病院に就職したばかりの瀬奈は激務で、とても結婚の準備などできず、その予定をずるずると先延ばしにしてしまった。そのことで責められても仕方がない。婚約者は十分に待ってくれたと思う。

「はぁ……」

婚約解消には応じるつもりだが、何せ結納まですませてしまっているので、いろいろと面倒なことになりそうだった。慰謝料をもらう立場なのかもしれないが、はっきり言って、そんなことはどうでもいい。

「金なんて……別にもらわなくてもいいや」

別にお金があり余っているわけではない。ただ、面倒なのだ。

「疲れた……」

今の瀬奈にとって、仕事と睡眠の他に時間を取られることは苦痛以外の何物でもない。

「病棟回ったら……少し寝よう」

夜勤明けの手術日は最悪だ。本来であれば、ろくに寝ていない状態で手術などしてはいけないのだが、この病院の常勤整形外科医は瀬奈一人だ。非常勤医は二名いるが、やはり手術の執刀は術後を考えると、責任を持って術後管理のできる常勤医がすべきだと思う。というわけで、基本的に手術の執刀医は瀬奈が務めることになっていた。

「手術は午後だから……二時間くらいは仮眠できるかな……」

重い足取りで二階から三階へと上がっていく。ちょっとふらっとするのは、たぶん慢性的な睡眠不足のせい……いや、食事が貧しいせいか。

「何か食べてから……少し眠ろう……」

三階まで上がったところで一休みする。情けないことだが、今の瀬奈の体力では、一気に四階までは上がれない。ぼんやりと手すりにもたれて休んでいると、ポケットの中でPHSが震えた。

〝病棟かなぁ……〟

番号表示を見ると院長だ。びっくりしてPHSを取り落としそうになる。

「は、はい……っ」

五回コールの後、やっと出ると、やはり院長の不機嫌な声。

「すみません、お待たせしまし……」

『寝ていたのか』

「い、いえっ！　すみません……」

口ごもる瀬奈に、院長は苛立《いらだ》った口調で言った。

『小野里先生ね、島に行ってもらうことになったから』

「は、はい……？」

一瞬、何を言われたのか、わからなかった。黙っている瀬奈に、院長はいらいらと叩きつけるように言う。

『だから、島だよ、島！　半年くらい……いや、一年くらいだな。島にね、行ってもらうことになったからっ』

院長の言う『島』というのは、ここから船で二十時間ほどかかる場所だ。診療所はあるものの常勤医がおらず、瀬奈の卒業した大学から半年交替くらいで、一名を派遣していたはずだ。しかし、一人での勤務という責任の重さや、誰一人知り合いのいない場所にたった一人赴くという孤独感に耐えきれず、ここ数年はリタイアが多かったとは聞いていたが。

「い、いえ、しかし僕は……ここの常勤で……」

『君がいない間は、大学から常勤を二人回してもらえる。かえって、こっちは手厚くなるんだよ。だから、安心して行きなさい』

喜色を隠そうともしない院長の声に、瀬奈は、ああ、これはもうすでに決定事項なんだなと思った。常勤医を熱望していた院長は、足元を見られた形だ。瀬奈を人身御供に差し出すことによって、常勤医を二人ゲットしたのである。

『君、まだ独身だっただろう？　今のうちにキャリアを積んでおくの、悪くないと思うが』

手術もなく、たぶん、業務の半分以上は専門の整形外科ではなく、内科の診療をしなければならない場所で働くことが、キャリアになるのだろうか。

『まぁ、来月には行ってもらうから、いろいろと整理しておくように』

「……はい」

瀬奈はがくりと肩を落として、頷いた。

そう、これは決定事項なのだ。自分に拒否する権利はない。

ポケットにＰＨＳをしまい、瀬奈は深いため息をついた。

「まぁ……いいか……」

結婚の予定はきれいに吹っ飛んでしまった。この病院にも必要とされていないようだ。

「いつも……こうだ」

おとなしい瀬奈は、こんなふうに貧乏くじを引くことが多い。何を言われても、何をされても、言い返したりできない。抗うこともしない。婚約者も「優しいところがいいの」と言ってくれていたのに、つき合ううちに「つまらない」と言うようになってしまった。

「いつも……」

言いたいことはある。したいこともある。でも。

〝僕が我慢すれば……いいのかな〟

いつも壁を突破する前に、瀬奈は立ち止まってしまう。いつもいつもいつも。

ふと顔を上げると、窓に映る自分の顔がうっすらと見えた。

覇気のない青白い顔。まだ三十歳になったばかりなのに、生気の失せた顔はもっともっと老けて見える。

「どこかに……」

行ってしまおうか。

ぼんやりと考える。

〝ここには……僕の居場所はない〟

誰からも必要とされない。誰からも振り返ってもらえない。そんなこの場所に、僕はもういたくない。

重い身体と気分を引きずって、もう一階分の階段を上がろうとした時だった。

「うわ……」

突然のめまいが襲ってくる。ぐるぐると回り出す視界。ぐらぐらと揺れる足元。

〝倒れる……っ〟

反射的に手すりを掴もうとする。しかし、その指は。

「わ……っ」

つるりと滑ってしまう。掴みきれない。身体が一気に前に乗り出してしまう。

「落ち……っ」

まるで後ろから突き飛ばされたかのように、瀬奈の身体は手すりを乗り越える。

「わぁ……っ！」

支えるものを失って、瀬奈の細い身体は、三階の高さから転落していった。


「セナ？」

突然、息をすることすら忘れたように動きを止めてしまったセナに、シモンが心配そうに声をかけてくる。

「どうなさいました？　気分が優れないなら……」

〝思い……だした……っ〟

自分は……セナではない。自分の名は小野里瀬奈だ。三十歳になったばかりの冴《さ》えない整形外科医。婚約者にも、勤務先にも必要とされない……情けない男。

〝僕は……三階から落ちた〟

あの場所は吹き抜けになっていて、三階から転落したら、二階の高さに落ちるのではなく、一階まで一気に転落してしまう。しかも、自分は頭から落ちている。無事にすんだはずがない。いや、それ以前に。

〝なんで……リシャールの城に……？〟

混乱する頭を思わず摑みそうになって、はっと我に返る。

「セナ？」

目を上げると、そこにはシモンが立っている。

「どうしました？　気分が悪いなら、ベッドに……」

シモンに助けられて、セナはベッドに座る。木で作られた可愛らしいベッドだが、それほど寝心地は悪くなさそうだ。

セナは自分の両手を見下ろす。整形外科医だったセナの腕は、筋肉もちゃんとついてはいるが、どちらかというとほっそりとしなやかで、指も長く器用そうだ。

〝あれ……？〟

すべすべとした白い肌。アウトドアの趣味などないし、そんな時間もない。もう何年も日になんか焼けていない。だから、肌が白いことは納得できるのだが。

〝なんだか……すごく肌に張りがある……ような〟

長袖のブラウスとベスト、ぴったりとしたキュロットに包まれた身体は、手くらいしか肌が見えない。

〝それに……身体が……〟

ずっと怠《だる》さが抜けなかった。すでに眠りで疲れは取れなくなっていて、慢性的な疲労感があった。しかし、今は……朝目覚めた時は、さすがに昨夜《ゆうべ》の激しい行為のせいで、ひどく疲れていたが、今はなんだかすっきりとしている。身体のあちこちに軽い痛みは残っているが、ずぶずぶと沈み込むような怠さ、疲れがないのだ。そして、何よりずっと気になっていることがある。

〝リシャールは、僕の瞳が……と言っていた〟

セナはシモンを見上げた。シモンが少しだけたじろいだような表情をするのが、ちょっと意外だ。

「シモン、お願いがあります」

「私にできることなら」

シモンが微笑んだ。

「あの……鏡を見せていただけますか？」

「鏡ですか？」

なんだ、そんなことかと、シモンが笑う。

「鏡なら、こちらにございます」

テーブルの上に置いてあった小さな物入れから、シモンは手鏡を取り出した。素材の関係なのか、少しゆがんで見えるものではあったが、自分の容姿くらいは十分に確認できる。

「え……っ」

この世界に来て、セナは初めて、まじまじと自分の顔を見る。

そこには……見たこともないほどに美しい少年の顔があった。

そしてその瞳は、右目だけがまるで猫の目のような金色に輝いていたのである。


シモンとニコラが住む屋敷は『森の館』と呼ばれているようだった。正確には、森を抜けたところにあり、少し歩いた場所には静かな湖もあって、まるでおとぎ話のように美しい。

「セナは、この国の生まれではないようですね」

よく陽の当たる明るいダイニング。磨き上げられた木のテーブルに座り、セナはシモンと向かい合って、質素な朝食を摂《と》っていた。香ばしいパンとミルク、果物。どれも贅沢《ぜいたく》ではないが、セナの口にはあった。

「……どうして、そう思われるのですか？」

こっくりと濃厚なミルクは、おそらく絞りたてだ。パンも焼きたてらしく、ふんわりあたたかい。

「そうですね……強いて言えば、勘のようなものですが」

シモンが少しいたずらっぽく笑う。

「あなたの立ち居振る舞いが、ちょっとぎこちなく感じます。まるで、私たちが普段着ているものに慣れていないかのようだ」

「……否定はできません」

セナは正直に答えた。

「僕は確かにこの国の生まれではありません。なので、あなたがどういう方なのかも……正直わかりません」

「本当に正直な方だ」

シモンはくすくすと笑っている。

「私たちは、このフォンテーヌ王国において、代々薬草を見つけ、育て、その薬草を用いて、人々の病やけがを癒《い》やす務めを担う者です。私たちは森の一族と呼ばれ、代々このナーズの森に居を定めております」

「一族と仰いましたが……」

この広い館には、シモンとニコラしか住んでいないようだが。

「一族の中で、この森の館に住む者は一家族だけです。それが私の血筋です。すでに私の両親は他界しておりますし、姉や妹は嫁ぎました。私は妻帯しなかったので、一族の中でみなしごとなってしまったニコラを引き取って、二人で暮らしております」

そこにニコラが入ってきた。少し緊張した面持ちで、ティーポットとカップを二つ運んでくる。可愛らしい少年はお茶をいれると、たたっと走って行ってしまった。

「あ……」

「お気になさらず」

シモンが穏やかに言った。

「人見知りをする子なので。いずれ、セナにも慣れるでしょう。可愛らしいよい子なのですが、あの人見知りと引っ込み思案なところが、なかなか一族の者にも受け入れられず、私のところに来るまで、居を定めることができませんでした。そんなこともあって、少し……扱いづらく感じることと思いますが、長い目で見てやってください。私よりも、セナの方がずっと年も近いことですし、仲良くなれると思います」

「……そうですね」

セナの感覚で見ると、シモンは四十代くらい。リシャールは二十代半ばから後半。そして、ニコラは十二歳くらいのローティーンだ。セナの前の世界での年齢は三十歳で、ローティーンのニコラと近い年齢ではないが、シモンの言からして、やはり、今の自分はハイティーンか二十歳《はたち》くらいに見えるのだろう。実際、セナの身体感覚もそれに近い。湯浴みを勧められた時、そっと自分の身体をあちこち見てみたが、やはり肌の張りや筋肉のゆるみのなさは、明らかに青年期に戻っていた。

〝僕の身に……何が起こったんだろう……〟

ルックスも最初はびっくりしたが、よくよく眺めてみると、瞳の色以外は自分が十八歳くらいの時の顔立ちによく似ている。とすると、自分は過去の姿に戻り、どこか別の世界に吹っ飛ばされてしまったことになる。

〝ま、いいか……〟

深く考えても仕方がない。自分は若返ってしまったんだし、この不思議な世界に来てしまった。もう、ここで、この姿で生きていくしかない。

「ところで、セナ」

食事を終え、ゆっくりとお茶を飲みながら、シモンが言った。

「あなたは王宮で、リシャールさま以外の人と接触しましたか？　姿を見られましたか？」

「……一人だけ。湯浴みを手伝ってくれた召使い……がいましたが」

「リシャールさまの召使いなら、おそらくジャンでしょう。彼なら、リシャールさまが幼い頃から仕えている召使い頭です。それなら、問題はないでしょう」

「問題？」

セナは首を傾げる。

「やはり……僕がリシャールの傍《そば》にいることは……問題なのでしょうか」

王宮と呼ばれる城に、自分の部屋と召使いを持っているリシャールは、おそらく王族と呼ばれる立場なのだろう。王制はセナにとってぴんと来ないシステムだが、リシャールがとんでもない立場の人であることはなんとなくわかる。

〝僕は……そんな人と……〟

今でも、彼と出会った日のことを思うと、身体が熱くなってしまう。彼と出会い、見つめ合った瞬間、セナの身体はぞくりと疼いていた。一言で言うなら、渇き……潤してほしいと懇願してしまいそうになるほどの強烈な渇きを感じた。

理性では拒んでいるのに、身体の方が先に彼を受け入れ、その後を追いかけるようにして、甘やかな感情が溢れた。美しい人にたっぷりと注ぎ込まれた蜜で潤い、セナは彼のものになったのだ。

「そうですね」

耳たぶまでほんのりと染めたセナに気づかぬふりをして、シモンは言葉を続ける。

「今は……と言っておきましょうか。いろいろな問題が解決すれば、あなたは堂々とリシャールさまの隣に座ることができるでしょう。リシャールさまもそのおつもりだからこそ、あなたを王宮に留《とど》めず、私に預けたと考えております」

「シモン」

セナはシモンを見つめる。

「リシャールの隣に座るというのは……どういうことですか？」

供もつけずに出かけられるところを見ると、さすがに国王ではないようだが、美しい身なりとにじみ出る威厳からして、彼はかなり王に近い立場の者だろう。そんな人の隣に座ることは。

「その時が来たら、リシャールさまが話してくださるでしょう」

シモンは微笑んで言った。

「さて、今日も癒やしを求めて、多くの人たちが来ているようです」

シモンの言葉に、セナは耳を澄ました。確かに、館のエントランスの方から人の声が聞こえている。ふと窓の外に視線を向けると、三々五々、人々が集まってきているのが見えた。男性はシモンやニコラと同じように、ゆったりとしたシャツとベスト、膝くらいまでのぴったりとしたキュロットといった感じのスタイル。女性は足首あたりまでの長いスカートと身体にぴったりと沿うタイトな上着というクラシカルなスタイルだ。

〝よくわからないけど……ヨーロッパ風だよね。名前はフランス風かな……〟

医師という理系の職業を持っていたセナは、少し歴史には疎い。

「それではセナ、館の中では自由にしていただいて結構です。庭も自由に散策していただいて構いませんが、森や湖には近づかれませんように。森はかなり深くて迷いやすいですし、湖は崩れやすい場所や深みがあります。地元の者でないと危険な場所がわかりませんので、私かニコラがご一緒しない限りは近づかれませんように」

シモンが立ち上がる。

「どうぞ、おくつろぎください。またお昼の食事を共にいたしましょう」

「あの……っ」

ドアに向かったシモンの背に、セナは声をかける。シモンがゆったりと振り返った。

「はい？」

セナは慌てて立ち上がる。

「僕にも……手伝わせていただけませんか？」

「あなたに？」

シモンが優しい瞳でセナを見た。セナはこくりと頷く。

「僕には……けがの手当てをする心得があります。お役に立てると思います」

「いや、しかし、あなたは……」

「このまま、ここでただぼんやりとしてばかりでは……リシャールに次に会った時に恥ずかしい気がします」

あの気高くも美しい人……彼に愛されるにふさわしい者になりたい。身体から結びついてしまった関係だから……心もそれに追いつきたい。心も身体も……彼にふさわしい者になりたい。

「本当は、食事とかのお手伝いができればいいのでしょうが、僕はそういうことはできなくて。せめて、あなたの大切な使命のお手伝いをさせてください」

セナの真摯《しんし》な申し出に、シモンはしばしの間、考えているようだった。

「……」

遠くを見るようにして、彼は深く考えを巡らせている。彫りが深く、はっきりとした顔立ちのシモンは、凜々《りり》しい男っぽい雰囲気の持ち主である。

「……セナ」

やがて、シモンがゆっくりと言った。

「リシャールさまにふさわしい者になりたいというあなたのお気持ち、よくわかります」

「シモン……」

「あの方には、神秘的で不思議な魅力があります。あの方は我がフォンテーヌ王国の象徴のような方ですから、それも道理なのではありますが」

「王国の……象徴……」

それは国王なのではないかと、喉元まで出かかる。そんなセナの様子を汲《く》み取って、シモンは軽く首を横に振った。

「誤解なきように。あの方は我が国を統べる方ではありません。いずれ、そのお立場になることもありましょうが、あの方の使命は別にあるのですよ。あの方は生まれながらにして、とても大きな天命を授かっているのです」

そこまで言って、シモンは頷いた。

「よろしいでしょう。私もニコラも、けがの手当てに通じたあなたがお手伝いくだされば、とても助かります。しかし、一つだけ」

シモンはすっとセナに近づくと手を伸ばして、セナの右目を軽く覆った。

「この……美しい金色の瞳を他人に見られてはなりません。この瞳を見つめることを許されるのは、リシャールさまのみ。他の誰にも見られてはなりません」

謎《なぞ》のような言葉をささやき、シモンはセナの素直な黒髪を軽く撫でる。

「よろしいですね？　この瞳はリシャールさまのものです。リシャールさまのために、大切にしてください」

リシャール。その名前を聞くだけで、胸がときめく。

セナはこくりと頷き、自分の右の瞼にそっと手を当てた。

この瞳は、あなたのためだけに。

ACT3

「セナ！」

唐突に名前を呼ばれて、セナは振り返った。

「え……っ！」

とたんに視界が真っ白になる。

「うわっ」

真っ白に洗い上げられたシーツをふわっと被《かぶ》せられたとわかったのは、植物から取った石けんの香りがしたからだ。

「ニコラっ！」

こんないたずらをするのは、ニコラしかいない。セナはシーツの海からようやく逃れ出て、きらきらと栗色の瞳を輝かせている少年の姿を探した。

「こら、ニコラっ！」

「セナがぼーっとしてるからだよ！」

笑い崩れるニコラは可愛らしい。くるくるの巻き毛と薄くそばかすの散った小さな顔が愛らしい少年だ。最初は人見知りをしていた彼だったが、セナが館に来て二週間ほどで慣れてくれたらしく、少しずつ近づくようになって、一カ月近くが過ぎた今は、まるで本当の兄弟のようだ。

「これはどうしたの。こんなにたくさん……」

シーツは一抱えほどもあった。枚数にすると十枚ほどにもなる。

「エマが持ってきてくれたんだよ。包帯にするのに」

エマは、湖の一族と呼ばれる者たちの一人だ。湖に落ちて溺《おぼ》れ、死にかけたところをシモンに救われたことがあるのだという。何かとこの館を気にかけて、いろいろと差し入れをしてくれる。この館での治療に、金銭はほとんど発生していないらしい。救いを求める者たちは、自分にできる限りのことをする。摘《つ》んできた薬草や美しい花を持ってくる者。食べられる木の実や果物を持ってくる者。自家製のパンやミルク、お菓子を持参してくる者。中には、狩りで手に入れた肉や湖で採れる魚を持ってくる者もいる。

「ああ、それは助かるね」

この世界には、ギプスなど存在しない。ここに来て一カ月。セナは骨折の患者も何人か見たが、副木《そえぎ》をあてて、包帯で固定するしかない。それでも、この世界の人々はかなり身体が頑健な印象があり、きちんと整復して、副木で固定すれば、二週間ほどで仮骨形成が始まるらしく、痛みも取れ、しっかりと患部が固まってくる感じだ。

「こんにちは、セナさま」

エマがにこにこと顔を出す。十五歳だというエマは、大人びた落ち着いた雰囲気の少女だ。湖の一族の長であるトマの娘で、すでに夫もある身だというから驚く。

「こんにちは、エマ。シーツ、ありがとう。助かるよ」

「いいえ。こんなことしかできなくて」

穏やかに微笑んだエマに、セナはふと思い出したことを尋ねる。

「ところでエマ、トマの具合はどうですか？」

セナの問いに、エマは困ったように首を横に振った。

「せっかくセナさまが治してくださったのに、少しもお言いつけを守りませんの。困ったものです」

トマは、一週間前に馬から落ちて、肩を脱臼《だっきゅう》していた。整復して、きっちりと固定してやったのだが、守るはずはないなと思っていたところだ。何せ、一族を率いる者である。ゆっくりと休んでいることなどできないだろう。トマ自身も働くことが大好きなタイプなので、じっとしていられないだろうとは踏んでいた。

「まぁ、仕方ないですね。ただ、あまり激しく動くと、また肩が外れてしまうから、ほどほどに。何度も肩を外すと、それが習慣化してしまうから。年をとってから痛い目に遭うと言っておいてください」

「はい、セナさま」

新しく館に加わった黒髪、隻眼の美青年の存在は、すぐに広まってしまった。

『この美しい金色の瞳を他人に見られてはなりません。この瞳を見つめることを許されるのは、リシャールさまのみ。他の誰にも見られてはなりません』

この館での医療行為を手伝いたいとセナが申し出た時、シモンに言われた言葉だ。今ひとつ、その言葉の真意は摑めなかったが、セナは素直に頷き、金色に輝く右の瞳を隠すために、そこに眼帯をすることにしたのだ。

「ニコラ」

セナは両腕に洗いざらしのシーツを抱えて、館の中に入っていく。

「これを細く裂いて包帯にするから、手伝って」

「うん！」

飛び跳ねるようにして、ニコラはセナについてくる。二人は日当たりのいい南向きの部屋に入り、大きなテーブルにシーツを広げた。

「うわぁ、たくさん包帯ができるね」

にこにことニコラが言う。

「ああ、助かるね。みんな、働き者だからけがが多いし」

シーツの布目を確認すると、ナイフで少し切れ目を入れて、一気に裂いていく。なかなか気持ちのいい作業だ。

「ねぇ、セナ」

「何？」

ニコラがシーツを裂き、セナはそれを丁寧に巻いていく。

「セナは……どこから来たの？」

「え？」

「シモンさまはわからないって言って、教えてくれない。セナは旅をしていて、身体の具合が悪くなったって言って……」

「そうだよ」

セナは穏やかに答えた。

「僕はね、自分がどこから来たのかわからないんだ。旅をしていて、体調が悪くなって倒れていたところをリシャール……さまにお助けいただいた。でも、ここに来る前のことは全然覚えていない。倒れた時に、頭でも打ったのかもしれないね」

それはシモンと口裏を合わせた嘘《うそ》だ。

〝嘘とは言い切れないけどね……〟

実際、セナは自分がどこから来て……どこへ行こうとしているのかわからない。

〝わからないけど……〟

この世界は好きだ。光に満ちた穏やかで優しい世界。確かに、セナがいた世界のような便利さはないかもしれない。当たり前のようにあったコンビニなんかないし、車も電車もない。いろいろなことに時間がかかるし、手間もかかる。しかし、急ぐ必要なんかない。人々はゆったりと生きている。手間暇をかけて、丁寧に暮らしている。その静かで柔らかな空気感がセナは好きだ。

〝それに……〟

この世界にはリシャールがいる。あの気高く美しい人が。

セナをこの館に預けてから、リシャールは何度か、果物やお菓子、美しい衣服とともに、手紙を届けてくれていた。

『おまえに会えないことが寂しい』

繰り返される優しい言葉。

『早くおまえに会いたい』

〝僕も……会いたい〟

彼と過ごした時間は本当に短かった。短いけれど、濃密な時間を過ごした。あまりに濃密で激しすぎて……息もできないくらいの時間だった。

〝あなたと……もっとゆっくりと時間を過ごしたい〟

ずっと傍にいたい。あなたと……片時も離れない……そんな時間を過ごしたい。

セナはそっとため息をつく。

「セナ？」

はっと気づくと、ニコラが心配そうに見つめていた。

「どうしたの？　気分が悪いの？」

「そんなことないよ」

セナはにこりと微笑んだ。

「ちょっと考え事をしていただけ。ニコラ、シモンは？」

そういえば、朝からシモンの姿が見えない。診療に関しては、ニコラがよく言いつかっているし、森の一族の者が何人か手伝いに来てくれている。問題はないのだが。

「シモンさまはお出かけだよ。お昼過ぎには戻るって言ってらしたから、もうじきかな」

「そう……」

少し開けた窓から花の香りがそっと忍び入ってくる。この甘く濃厚な香りは、きっとあの白い花、マグノリアだ。

マグノリアは、このフォンテーヌ王国の象徴のような位置づけの花らしい。王宮の庭にたくさん咲いていたのは当然なのである。この館の周りにも、マグノリアはあって、甘い香りをたっぷりと漂わせている。どうやら、この国ではマグノリアは一年を通して咲く花らしく、セナがこの世界に現れた時も、一カ月が過ぎた今も、変わることなく、常に花は満開に咲いている。

「ニコラは、シモンが好きなんだね」

セナは微笑んで言った。ニコラが一瞬きょとんしてから、当たり前だよと大きく笑う。

「シモンさまは、僕たち森の一族……ううん、この国一の賢者なんだよ。なんでも知ってるし、思いやり深いし……それにすごく強いんだ」

「強い？」

「そう。シモンさまはね、剣術のマスターなんだ。僕も少しずつ手ほどきしていただいてるけど、なかなか上手くならないや」

シモンのことを語るニコラの瞳はきらきらと輝いている。

「僕もシモンさまみたいになりたいな……」

「なれるよ、きっと」

　セナは優しく答える。

「ニコラがいるから、こうして留守にもできるってことだろう？　シモンはニコラをとても信頼しているんだよ。シモンには子供がいないから、きっとニコラを子供のように思っているんだよ」

「そう……かな」

「そうだよ」

　セナの言葉に、ニコラはにこりと笑う。

「そうだといいな。僕はシモンさまの……一番になりたいんだ」


　その日の午後、森の館には不意の客が訪れた。

「おかえりな……」

　前庭に出したテーブルで、薬草を乾かすために並べていたセナは、人の気配に顔を上げて、そして、そのまま目をぱちぱちと瞬《しばたた》いた。

「ただいま戻りました、セナ」

いつものように低く響く声で言ったシモンの後ろには、漆黒の馬に優雅な横座りで乗った貴婦人がいた。

「あ、あの……」

「シモン、こちらは？」

目立たないように、すっぽりと髪も顔も薄い黒のベールで覆っており、表情はまったくうかがえないが、すっと伸びた背筋と豪華に刺繍《ししゅう》で飾られたドレスで、その人の身分がとても高いことがすぐにわかった。

「あ……」

セナは慌てて、片膝を深く折った。シモンに教えられていた通りに、両手を胸の前で交差して、深く頭を下げる。

『我が国の民は、王族や貴族にお目通りが叶《かな》った時は、このように……挨拶をします。敵意はない、武器を持っていないと示すための姿勢であると言われています』

「私はセナと申します。旅の途中で体調を崩したところをシモンさまに救われました」

「そう……」

貴婦人は柔らかな声で答えた。

「この森の館はとても心安らぐところ。十分に養生なさい」

「ありがとうございます……」

もの問いたげなセナの視線に、シモンは軽く唇の前に指を立てた。

〝黙っていろということかな……〟

「ニコラ」

シモンがセナの後ろで同じようにお辞儀をしていたニコラを呼んだ。

「王妃さまを薬草園にご案内しなさい」

「はい、シモンさま」

ニコラが嬉しそうに返事をした。ぱっと立ち上がって、貴婦人のもとに駆け寄る。

「王妃さま、こちらへどうぞ」

薬草園は館の裏手にある。漆黒の馬に乗った貴婦人とぞろぞろとついていくお供たちをニコラが案内していく。その隊列をぼんやりと見送っていたセナは、最後尾をゆったりと歩く白馬を見て、どきりと胸が音を立てるのを感じた。

〝リシャール……っ〟

長いたてがみをふっさりと揺らして、優雅に歩く白馬の背には、白銀の髪の騎士。長い髪を細い革紐《かわひも》できりりと結び、背中に矢筒と弓を背負ったリシャールだ。

「セナ」

馬上からリシャールが優しい眼差《まなざ》しでセナを見つめている。

「元気そうだ」

「……はい」

セナは何も言えずに、ただ頷くだけだ。

「まったく……」

シモンが呆《あき》れたように首を横に振っている。

「お供の衛兵たちの負担を考えてください。王妃さまと第一王子が一緒にお出かけになるなんて……」

そんなお小言にも、リシャールは爽《さわ》やかに微笑む。

「私も王妃のお供の一人だ。だから、最後尾にいる」

「何を仰っているのやら。警護の列をすんなり抜けられるからと、無理やりに、この位置を確保なさったくせに」

「さぁ、どうだろうな」

リシャールはすっと滑らかな仕草で愛馬から下り立った。呆然と立ち尽くすセナのもとに歩み寄ると、長くしなやかな指で、セナの右目を隠している眼帯を撫でる。

「どうした？　これは。けがをしたのか？　大丈夫か？」

「いえ、これは……」

思わずシモンを振り返ると、彼は軽く頷いた。セナはそっと眼帯を外す。あまりのまぶしさに、きゅっと目を閉じてしまってから、ゆっくりと瞼を開いた。トパーズのように輝く金色の瞳が光を弾《はじ》く。

「この瞳は……リシャールだけのものだと……シモンが」

「そうだな……」

リシャールはセナの右の瞼に唇を寄せる。ふわっとそこがあたたかくなって、セナは思わず甘いため息を洩らす。

「この瞳だけではない。おまえのすべてが、私だけのものだ」

どうして、この人はここまで愛してくれるのだろう。セナがどこから来た何者かもわかっていないはずなのに。

「リシャール……」

思い切って顔を上げ、セナが胸の中にずっとわだかまっている思いを告げようとした時だった。

「シモンさま……っ！」

ニコラの叫びが聞こえた。薬草園の方からだ。同時に、衛兵たちも声を上げる。

「王妃さま……っ！」

「王妃さまっ！　何やつだ……っ！」

反射的にシモンが走り出す。リシャールも素早く愛馬に跨《また》がった。

「リシャール……っ！」

「おまえはそこにいろ。よいな」

そして、一気に駆け去ってしまう。

「そこにいろって……っ」

そんなことできるはずがない。セナも慌てて薬草園に向かって走り出した。


館の後ろには、広大な薬草園があった。セナもまだ完全には覚えていない薬草が、ニコラとシモンの手によって、きれいに整理されて、育てられている。その薬草園の中で、衛兵たちが殺気だった表情で周囲を警戒していた。

「セナっ」

カッと蹄《ひづめ》の音がして、白馬が近づいてくる。

「待っていろと言っただろう」

「僕には、けがの手当てをする心得があります。お役に立ちますからっ」

セナはシモンのもとに駆け寄った。シモンは黒衣の貴婦人を庇《かば》うように抱いていた。ニコラは興奮している漆黒の馬をなだめている。

「王妃さまに……おけがは」

「ああ、大事ありません。衛兵が守ってくれました」

シモンが落ち着いた口調で言った。

「しかし……」

「どこだっ！　くそぉっ！　どこに行った！」

衛兵の一人が叫んだ。

「シモン殿、王妃さまを、王妃さまをお守りください！」

「心得た」

シモンは短く答えると王妃の上に覆い被さるようにして身を低くした。

「リシャールさまも！」

衛兵の言葉に、リシャールはさらりと髪をなびかせて、振り返った。

「私も武人の端くれだ。暗殺者を恐れてどうする！」

〝暗殺……っ〟

セナは目を大きく見開いた。

そういえば、足元に深々と矢が刺さっている。

〝王妃さまが襲われたのか……〟

「……っ」

すっとリシャールが背を伸ばした。目を細めて、遠くを見るような仕草を見せる。そして、視線を外さないまま、自分の背に手を回した。弓を取り、矢筒から矢を抜く。

「リシャール……」

「静かに」

整った横顔に緊張が走る。素早く弓に矢をつがえ、きりきりと引き絞る。伸びた背中にぐっと筋肉が盛り上がるのがわかった。と、矢を放つ瞬間、リシャールはいきなり上に向けていた弓をぐっと下げた。突然、近くに狙《ねら》いを変えたのだ。

「……っ！」

一直線に矢が飛ぶ。驚くほどの速さで矢は空気を切り裂く。と、同時にリシャールが馬で走り出そうとした。セナも慌てて追いすがる。自分でも驚くような速さで、リシャールのもとに駆け寄った。

「一緒に行きます！」

「だめだ」

「僕が行けば、けがの手当てができます」

そう言うと、セナは馬の鞍《くら》に手をついて、一気に身体を引き上げた。

この館に来て、セナは馬に乗ることを覚えていた。普段は小さなロバに乗っているが、遠くの山まで薬草を摘みに行く時は馬にも乗る。しかも、こんな立派な鞍などつけず、裸馬に乗る。もともと身体能力は高いらしく、今は走っている馬に乗ることさえできるようになっていた。

「……しっかり摑まっていろ」

リシャールが言った。と、同時に手綱で軽く馬の首筋を叩いた。以心伝心なのか、馬が走り出す。まるで飛ぶような速さだ。

景色が流れる。緑の香りを含んだ風が頰を叩く。いつもは甘く髪を撫でるマグノリアの香りも、まるで冷たい刃《やいば》のように首筋を撫でて飛びすぎる。

リシャールはかなり入り組んだ森の細い道を、確実に馬を御して駆け抜ける。時折、細い枝が行く手を遮ろうとするが、片手で馬を御しながら、片手で枝を払い、後ろに乗っているセナにかからないようにしてくれる。

「弓で……」

「なんだ」

「弓で……こんなに遠くまで矢が飛ばせるのですか……っ」

風切り音に負けないようにセナが言うと、リシャールはふっと笑ったようだった。

「飛ぶはずがなかろう。木の上にいた見張りを射るふりをして、木立に隠れていた者を射たのだ」

だから、矢を放つ瞬間に的を変えたのか。

「当たったのですか……っ」

「当たっている」

リシャールは端的に答えた。確信に満ちた声音だ。

「殺すつもりはない。いろいろとしゃべってもらわねばならぬ」

しかし、この馬の前には誰も走っていない。彼はいったい何を追っているのか。

「いったいどこへ……っ」

セナが問いかけた時、リシャールはぐっと手綱を操って、馬を湖の方に曲がらせた。そのまま手綱を引いて、馬の足を止める。

「リシャール……？」

リシャールはすっと馬を下りた。

「セナ」

密《ひそ》やかな声で言う。

「おまえは馬を御せるようになったのだな……」

「はい……」

「では、我が愛馬を頼む。そこに漁のための小屋がある。その陰に」

セナはこくりと頷くと、そっと馬をなだめながら、小屋の陰に隠れた。リシャールは弓を手にし、矢をつがえたまま、じっとある一点を見ていた。

〝いったい……〟

「止まれ！」

突然、リシャールの声が響いた。

「止まらぬと、今度は肩ではすまない。胸を射貫《いぬ》くぞ！」

やがて、リシャールの前に現れたのは、栗毛の馬を左手だけで御した黒装束の男だった。

その右肩には、深々と矢が刺さり、まだ血を流している。

「……王子自ら……暗殺者を追うとは……フォンテーヌは……兵士が足りぬと見える……」

傷の痛みに顔をゆがめながら、男は憎まれ口を叩いた。

「その言葉は……ロシオンの者か」

言い当てられたのか、男は口をつぐんだ。リシャールが弓を構えたまま、じりじりと男に近づく。

「セナ！」

「……はいっ」

ふいに呼ばれ、セナはゆっくりと馬を御して、小屋の陰から姿を現した。

「その者の馬を小屋に繋げ」

「はい」

馬を下り、セナは慎重に男に近づく。

「下手な動きをしたら、すぐに胸を射る」

「……死など恐れると思うのか」

「ロシオンの宗教では、自死は罪であったと記憶しているが。自ら死を招くのは、自死に他ならぬ。おまえの胸にかかっているのはタリスマンであろう。己の神に逆らうか」

リシャールの言葉に、男は悔しげに顔を背けた。

セナは男の馬を小屋にしっかりと繋いだ。ついでに、男が腰につけていた剣を二本と脇《わき》の下に隠されていた短剣を外して、リシャールの足元に置く。

「よくやった、セナ」

リシャールはすっと弓を下ろした。そこに男を追ってきたらしい衛兵たちが追いついてきた。

「リシャールさまっ！」

「おけがはっ！」

「私よりも、その男を手当てしてやれ」

矢を矢筒に戻し、弓を背負い直して、リシャールは素っ気なく言った。

「ロシオンからの刺客だ。しっかりとしゃべってもらえ」

「はっ！」

男が衛兵たちに引き立てられていくのを見送ってから、リシャールは振り向いた。

さっきまでの厳しい表情とは打って変わって、柔らかく優しい笑みを浮かべている。後ろに手をやって、さらりとまとめていた髪を解く。白銀の髪がさぁっと風に舞い、きらきらと目映《まばゆ》い光を降りこぼす。

「セナ、おいで」

所在なく、小屋の陰に立っていたセナを呼び寄せると、リシャールは湖のほとりに腰を下ろした。

「リシャール、本当におけがはありませんか？」

セナは愛しい王子に寄り添った。

「……森の中を走ったのは、先回りするためだったのですね」

「ああ。ロシオンへの国境を目指すなら、この湖沿いから山越えするのが一番近いし、安全だ」

リシャールはあっさりと言う。

「あの男が乗っていたロシオンの馬は、小柄でフォンテーヌ産の馬よりも走るのが遅い。森を走るのは少し遠回りにはなるが、我が愛馬ペール号なら、十分に先回りできると思ったのでな」

「ロシオンというのは……」

尋ねたセナに、リシャールは明晰《めいせき》な口調で答えてくれた。

「ロシオンはフォンテーヌ王国の北側に位置する隣国だ。我が国との関係はお世辞にもよいものとは言えない。ロシオンは国の半分以上が砂漠であるため、作物はなかなか取れないし、牛や羊を飼うことも難しい。我が国は決して豊かではないが、この通り、食べるのに困るようなことはない。ロシオンは我が国を侵略し、さらに領土を拡大して、国を豊かにしたいらしい」

「なぜ、王妃さまを？」

湖から涼しい風が吹く。微かな花の香りは、やはり湖畔にも咲いているマグノリアだ。

リシャールはセナに寒くはないかと聞いて、抱き寄せてくれる。

「ベルナデットさまは、我が国の母たる存在だ。あの通り、大変に美しく、大変にお優しい人柄が民に慕われている。我が父も心からベルナデットさまを愛し、いろいろな意味で頼り切っている。ロシオンから我が国に入っているに違いない者たちは、父よりもベルナデットさまを暗殺した方が、国としてのダメージが大きいと見たのだろう。まぁ……正しいな」

リシャールはそう言い、少し寂しそうに微笑んだ。

「あの方は……よい方だ」

リシャールが王子というなら、王妃は母ではないのか。疑問は浮かんだが、リシャールの寂しげな表情に、セナは何も聞くことができなくなっていた。そっと両手を回して、愛しい人を抱きしめる。

「セナ……」

「ご無事で……よかった」

穏やかで優雅だと思っていた人が凜々しく戦いに臨む姿を見て、セナはよりいっそう、この人が愛しくなる。

優しく……癒やしてあげたい。一国の王子として、兵を率い、戦いに身を投じる覚悟もあるこの人を抱きしめて、守ってあげたい。

「セナ」

セナの艶やかな黒髪に唇を埋《うず》めて、リシャールはささやく。

「おまえがいてくれるなら……私は何も怖くない。何事も恐れない」

湖を渡る風に髪をなぶらせて、恋人たちはただお互いのぬくもりを感じていた。

ACT4

コンコンと軽いノックが聞こえた。

「はい」

小さなテーブルの前に座り、積み上げられた薬草の本を眺めていたセナは顔を上げた。

この世界の文字には慣れていないが、パズルを解くような感じで、少しずつ読めるようにもなってきた。しかし、まだすらすらと読み書きできるところまではいっておらず、絵の入った本を眺める方が楽である。

「どうぞ。ニコラかい？」

「私です」

よく響く低い声。シモンである。セナはぱっと立ち上がると、ドアを開けた。

「おやすみではありませんでしたか？」

すでに夕食も終え、大きな窓の外の夜空には、細く輝く三日月が昇っている。電気など当然ない夜は、ろうそくの明かりが頼りだ。

「いえ、まだ。どうなさいました？」

王妃が襲撃されてから一カ月あまり。シモンは、王妃が必要としていた薬草を薬草園から城の中にある農園に移植したり、薬草園の警備を強化したりと多忙だった。今日も朝から城に出かけ、結局夕食にも帰らず、ニコラがひどく心配していたのだ。

「お帰りなさい。遅かったのですね。ニコラが心配していましたよ」

セナの言葉に、シモンは苦笑していた。

「ええ。さっき戻ったのですが、泣きながら抱きつかれました」

シモンは失礼しますと断って、セナの部屋に入ってきた。

「あの子には、分離不安のようなものがあります。家族に恵まれなかったせいか、私に依存するところがあります」

「それは仕方がないと思います。まだ、子供なのですから」

セナは二つある椅子の一つをシモンに勧める。

「彼はあなたをとても尊敬していて、そして、あなたが大好きなんですよ」

「少し甘やかしすぎたようです」

そう言って、シモンは椅子にかけた。木で作られた椅子でクッションもないのだが、不思議と座り心地はいい。

「今日もお城ですか？　王妃さまはお元気でしょうか」

セナはカラフェからグラスに水を注ぐ。ハーブと果物を浸《つ》けた水は、口当たりが柔らかく、とても爽やかで美味《おい》しい。

「セナ、あなたに預かり物をしてきました」

シモンが少しいたずらっぽい笑みを浮かべた。懐から何か薄いものを取り出す。

「預かり物？　僕にですか？」

渡されたのは、白い封筒だった。無意識に裏を返して、そこに優雅な曲線で形作られた紋章を見て、思わず封筒を抱きしめてしまう。シモンが微笑んだ。

「リシャールさまからお預かりして参りました。今日は王宮で、リシャールさまに剣術の稽古《けいこ》をおつけする日でしたので」

そういえば、シモンは剣術のマスターだと、ニコラが言っていた。

「シモンは……とても凄《すご》い方なのだと、ニコラが言っていましたが」

「別に凄くはありません。長く生きているだけですよ」

シモンはさらりと言う。

「私の知識は、すべて我が森の一族が長い時間をかけて会得してきた知恵の集大成です。私は、その知恵の伝承者というだけのことなのですよ」

あっさりと言って、シモンは水を一口飲んだ。

「知恵の伝承者……」

「ええ。私がリシャールさまにお教えしているすべては、私の先祖たちが積み上げてきた知恵の塔から取り出しているものなのです」

「シモン」

セナは少し迷ってから、シモンの知的なダークブラウンの瞳をじっと見つめた。自分の部屋では眼帯を外しているので、金色の瞳で見つめることになる。

「あの……リシャールのこと……なのですが」

「リシャールさまのこと？」

シモンに問い返されて、セナは頷く。

「リシャールのこと……教えていただけますか？　僕は……リシャールのことをあまりよく知らないのです」

セナは正直に言った。

「僕はリシャールと一緒に過ごした時間がとても……短くて」

「ああ……リシャールさまもそのように仰っておられました」

シモンが慈しむような眼差しで、セナを見つめる。

「もっと……セナと一緒にいたかったと」

リシャールとは、王妃が襲撃されたあの日から会っていなかった。あの日、湖畔でほんのつかの間の逢瀬《おうせ》。唇を交わすこともなく、ただ寄り添い合っただけで別れることになってしまった。リシャールはいろいろな意味でショックを受けた王妃を守らなければならなかったし、セナも荒らされてしまった薬草園を修復するシモンとニコラを手伝わなければならなかったからだ。

あれから、ロシオンの刺客が現れたという噂《うわさ》は聞かない。今のところは小康状態というところなのだろう。

シモンは穏やかな口調で話し始めた。

「あなたを私に預けたのは、あなたとずっと一緒にいるための布石なのですが、自分でその布石を打っておきながら、寂しくて仕方がないと仰っていました。物心ついてから、ずっと気丈に過ごされてきた方ですが、やはり……唯一無二の存在を求めていらしたのだと、少し胸が痛くなりました」

唯一無二の存在。

そう言われて、セナは少し驚く。

確かに彼とは運命的なものを感じている。会った瞬間にお互いしかないと思い、何かに引きずられるようにして、身体を繋いでしまった。しかし、その運命の正体がわからない。

「リシャールさまは、我がフォンテーヌ王国の第一王子でいらっしゃいます。バスチアン国王とお亡くなりになったアレクサンドラ王妃の間にお生まれになった王子で、国民からの信頼も厚い王子でいらっしゃいます」

「アレクサンドラ王妃？　じゃあ、今のベルナデット王妃はリシャールのお母さまではないのですね？」

「そうです。リシャールさまは前王妃のお子さまなのですよ」

シモンが頷く。セナは驚いて言った。

「でも、第一王子って……じゃあ、リシャールは次の国王なのですね？」

気品のある容姿、身についた優雅な仕草。そして、凜々しく戦う姿。間違いなく、彼は王の器だ。

「必ずしもそうではないところが難しいのですよ」

シモンが言う。

「リシャールさまには、腹違いの弟君がいらっしゃいます。第二王子のジュスタンさまです」

「でも、第一王子というなら……」

「ジュスタンさまは、現王妃であるベルナデット妃のお子さまで、リシャールさまとは半年しか年が違いません。リシャールさまとはまったく性格が異なる方で……国の中には、ジュスタンさまを皇太子にと望む声があるのも確かなのですよ」

「えと、半年しか年が違わないって……」

少し混乱しているセナに、シモンはあっさりと言った。

「ベルナデット王妃は、もともとバスチアン国王の側室だった方なのですよ。アレクサンドラ王妃がお亡くなりになって、すぐに正室の座につかれました。特にめずらしいことではないと思いますが」

「はぁ……」

完全一夫一婦制しか知らない身としては、びっくりすることなのだが。

「正直申して、リシャールさまとジュスタンさまのどちらが国王の座につかれるかは、半々といったところでしょうか。穏やかで、武力よりも話し合いで物事を解決なさろうとするリシャールさまを不甲斐《ふがい》ないと言う輩《やから》もおります。ジュスタンさまは力で統べるタイプなので」

「同じ父を持っているのに、ずいぶんと性格が違うのですね」

「母親が違いますし、やはり正室の子として育ったリシャールさまと、側室の子として生まれたジュスタンさまとでは、立場が違っておりましたから。そのあたりに違いが出てくるのでしょうね」

ゆっくりと水を飲み干して、シモンは言った。

「まぁ……それもあなたの登場でいろいろと……変わりそうですが」

「僕の……？」

セナはきょとんとして、シモンを見つめる。シモンは苦笑して立ち上がった。

「私からお話しできるのは、これくらいです。後はリシャールさまからお聞きになった方がよろしいでしょう」

「リシャールから……」

シモンから渡された封筒を改めて見る。シモンはドアに向かっていた。ふいと謎のような言葉を投げてくる。

「森の一族が狩りの時に使う小屋なら、ルイが知っていますよ」

ルイというのは、この館で飼っている小さなロバだ。馬にも乗れるセナだが、普段はおとなしい性格で扱いやすいルイに乗ることが多い。

「……はい」

「おやすみなさい」

「おやすみなさいませ……」

ドアがパタンと閉じて、セナは一人になった。ストンとベッドに座ると、手にしていた封筒をそっと開き、中から白いカードを取り出す。

「あ……っ」

少し癖のある、懐かしいリシャールの文字。

『明日の夕刻、狩りの小屋で会おう。早く、おまえに会いたい』

「会える……っ」

愛しい人に。やっと会える。

セナはカードを抱きしめる。

やっと、あなたに会える。


森の中に消える一本の白い道。その細い道をロバのルイがトコトコと歩いていく。

「緑の……いい匂いがする……」

深い森に分け入っていくと、爽やかな木の香りと胸がすうっと涼しくなるような緑の香りがセナを包み込む。

「どこに行くの？」

セナがルイを引き出していると、ニコラが駆け寄ってきて尋ねた。

「うん……ちょっと」

言葉を濁してしまった。リシャールとの関係は、たぶんニコラには理解できないだろう。彼と……愛し合ってしまっていることは。

「ニコラ、こっちを手伝っておくれ」

どうやら、二人の逢瀬を知っているらしいシモンの助け船で、ニコラにそれ以上突っ込まれることもなく、セナはリシャールとの約束の場所に向かっている。

「ルイ、小屋はどこにあるの？」

聞いてもロバには答えられない。ぽくぽくとのんびり歩いていくだけだ。

「本当に……深い森なんだ」

右も左も行く手も、すべて鬱蒼《うっそう》たる樹木ばかりだ。見上げるほどの大木ばかりで、空が狭く見えるくらいだ。この国の空は、青というよりも少し紫がかって見える。柔らかい色合いで、セナはとても好きだ。

「マグノリアの香りもする……」

国の紋章にも使われているマグノリア。甘く濃厚な香りは、セナの身体を熱くさせる。

きっと……彼と初めて会った時の記憶が蘇るせいだろう。

「あ……」

いくつかの分かれ道を、ルイはまったく迷わずに歩いていく。確かに、彼がいてくれなかったら、セナは一人で約束の場所にたどり着くことはできないだろう。

「あれは……っ」

小屋と呼ぶには、少しはばかられてしまうようなきれいなログハウス風の建物。その前で、おとなしく草を食んでいるのは、セナも乗ったことのある美しい白馬、ペール号だった。

「リシャールが来てる……」

ルイを白馬の隣に繋ぐのももどかしく、セナは震える手で小屋の扉を押した。

「リシャール……？」

中は意外なほど暗い。窓が小さいせいなのだろう。狩りのための小屋と言うから、物置のようなものを想像していたのだが、中は広く、大きなテーブルといくつもの椅子、そして、奥にはベッドが置いてある。狩りで遅くなり、夜になってから森を抜けるのに危険な時は、泊まったりもするのだろう。

「リシャール……いらっしゃるのですか？」

中に一歩、二歩と踏み込んだ瞬間、セナはふいに抱きしめられていた。

「……っ！」

「セナ……」

切ないささやきが耳元を震わせる。

「会いたかった……セナ……」

マグノリアの深い香り。さらさらと頰に触れるプラチナの髪。セナは顔を上げた。

「リシャール……」

美しい王子は出会った日と同じく、ゆったりとしたブラウスに膝の下あたりまでのキュロットというシンプルなスタイルだった。黒地に同色の刺繡を施したジレが王族らしい気品を漂わせている。

「少し……」

セナを抱きしめて、リシャールは眉《まゆ》をひそめた。

「痩《や》せたのではないか？　ちゃんと食事は摂れているのか？」

「いいえ」

セナは笑った。

「大丈夫です」

そして、そっとあたたかい胸に甘える。

「痩せていないか……ちゃんと確かめてください」

あなたの目で肌で、僕の身体を。リシャールが微笑んだ。

そして、すいと細い指先を眼帯の下に入れた。そのまま上に押しやるようにして、眼帯を外してしまう。セナの金色の瞳が妖しく輝いた。

「やはり……おまえは美しいな」

両手でセナの小さな顔を包み込んで、リシャールは微笑む。

「私の大切な番。おまえは……本当に美しい」

「美しいのは……」

セナの震える指が、愛しい王子の頬をそっと撫でた。

「あなたです。あなたのように美しい方に愛される価値が、僕にはあるのでしょうか」

「それは」

リシャールがくすりと笑う。

「おまえの身体で確かめるがいい」

「え……」

細い顎をくっと持ち上げられた。そのまま唇を奪われる。長身のリシャールにすがりつくようにして、セナは口づけを受ける。待ち焦がれた口づけ。餓《う》え渇いた人のように、セナは彼の唇を求める。少しずつ角度を変えて、彼の唇を、吐息を味わう。

「……っ」

言葉よりもキスがほしい。幾千の言葉よりも、あなたの愛がほしい。飽くこともなく、キスを重ねる。頭の芯《しん》がくらりとするまで、足元が危うくなるまで、お互いの唇を求め合った。

「ん……」

いったいどれくらいの間、深いキスを繰り返していたのだろう。視界がぼんやりとした時、ようやく唇を少し離して、そして、セナは彼に抱き上げられた。ふわっと抱き上げられ、ベッドに運ばれる。

「たくさん話したいことがある……」

セナのブラウスのボタンを外しながら、リシャールが言った。

「話さなければならないこともあるのだが……」

「……あなたがほしい」

セナは彼の手をとって、その指先に口づける。

「僕を……あなたで満たしてください。あなたで……僕をいっぱいにしてください」

「可愛いことを言う」

リシャールのしなやかな手で生まれたままの姿にされて、セナは小さく息を吐く。冷たいシーツがあっという間に温《ぬく》んでいく体温の高さが少し恥ずかしい。身体が熱い。肌が熱い。火の気もない狩り小屋なのに、うっすらと汗ばむほど体温が上がっている。

「おまえの肌は柔らかいな」

彼の指がセナの首筋から肩、胸……そして、腹からさらにその下へと滑っていく。

「ここも……とても柔らかい」

柔らかい草叢《くさむら》に指を差し入れて、彼がふっと笑う。

「その中は……」

「やめ……て……」

すでに、ぴんと硬く張りつめているものを滑らかな手のひらで包まれ、ゆるゆると揺すり上げられて、思わず声を上げてしまう。

「あ……ああ……っ」

「本当に……感じやすいのだな。まだ……触れただけだ」

「あなた……だから……っ」

セックスには淡泊な方だと思っていた。ハイティーンの頃から、自分で慰めたことはほとんどない。婚約者とは、旅行に行った時に何度かベッドを共にしたが、デートのたびにベッドインしたいとは思わなかった。一応、セックスをすれば最後まではいくが、大きな快感を覚えたことは、正直なかった。生理現象に近いものだと思っていた。

しかし、リシャールとの営みは、今までの乏しい性経験とはまったく異なっていた。キスだけで、身体が高まってしまう。肌を合わせると、それだけで快感が走る。彼に触れられると、恥ずかしいほどに高まって、涙を浮かべて我慢しないと達してしまいそうになる。

「リシャールだから……っ」

「ああ……」

セナの耳元にキスをして、彼がため息混じりにささやいてくれる。

「私もだ……。おまえに初めて会ったあの日から、おまえを初めて抱いたあの日から……おまえしかほしくない。おまえと一つになって……離れたくない……」

覆い被さる彼の背中に両腕を回す。

「僕も……あなたと一つになりたい……」

金と銀の瞳で見つめ合って、そして、口づけを交わす。触れるだけのキスを繰り返しながら、お互いの肌を指先で感じる。

「ん……」

キスを解く微かな音。そしてまた重ねる唇。彼の手がセナの胸を滑り、優しく撫で上げては撫で下ろし、そして、ぷっくりと固く膨らんだ乳首を指先できつく揉みしだく。

「あ……ああ……ん……っ！」

「可愛い……こんなに堅く尖って……」

「あ、あ、ああ……だめ……だめ……ぇ……」

乳首を揉まれただけで、こんなに感じてしまう自分が恥ずかしい。お尻を浮かせて、両脚を大きく開き、しとどに濡れそぼった草叢を彼に擦《こす》りつけて、ねだってしまう。

「あん……ああ……ん……っ」

もう泣きそうだ。彼を受け入れるところがひくつき始めているのが、自分でもわかる。こんなふうに彼をほしがることが、とてつもなくはしたなく、淫らであることはわかっている。それでもほしい。彼と一つになりたい。彼を……この身体の中に受け入れて、そして、熱い蜜を注いでほしい。

「もっと時間をかけて可愛がってやりたいが……」

彼がふっと笑った。ダイヤの輝きを宿す瞳が細められる。

「早く……おまえの中に入りたい。おまえと……繋がりたい」

ノーブルなプリンスから突きつけられるストレートな要求に、セナの身体がまた熱くなる。

「……来て……」

あられもなく身体を開き、彼の背中を撫で上げる。

「早く……来て……っ！　僕も……あなたが……っ」

ほしいと言う前に、腰を高々と抱え上げられた。

「あ……ああ……っ！」

一気に奥まで入れられて、叫び声を上げてしまう。

「ああ……っ！　すご……い……っ！」

誰かに聞かれるかもしれない。こんなに叫んでしまったら、聞こえてしまうかもしれない。でも、声は抑えられない。

「あ、ああ……っ！　ああ……っ！　ああん……っ！」

「ああ……おまえの中は……いい……」

彼の掠れた声がたまらない。

「熱くて……いい……」

「ああ……もっと……もっと……っ」

自分から腰を振ってしまう。彼が突き上げてくるリズムと嚙《か》み合うと、頭の先から足の

先まで、まるで電流のように快感が駆け抜けた。

「あ……っ！　あ……っ！　あ……っ！」

「ああ……いい……」

彼がセナを貫き止めたままで、ゆっくりと仰け反る。さらさらと微かな音を立てて、プラチナの髪が揺れる。

「セナ……セナ……」

「ああ……すご……い……すごい……」

うわごとのように、無意識の声を上げてしまう。

セナの細い腰に痕《あと》がつきそうなほど、彼の指に力がこもる。

「……セナ……っ」

「……っ！」

深々と押し込まれているのに、蜜が溢れてしまう。

たっぷりと中を濡らされて、セナは音にならない悦《よろこ》びの声を迸《ほとばし》らせていた。


「聖なる……番？」

夜のとばりが下りる頃、二人はベッドの中で、そっと寄り添い合っていた。

幾度も愛し合い、二人はつかの間の安らぎの中にいた。

「ああ」

胸の上にセナを抱いて、リシャールは静かに語り始めた。

「この国に伝わる伝説……と言えばいいのか。フォンテーヌ王室には、オッドアイの者が生まれることがある。おそらく近親婚の名残だと思うのだが、数代に一人か二人、左右の瞳の色が違う子供が生まれる。その子供が生まれるのと時を同じくして、この国のどこかに白い花に包まれて、対を成すオッドアイの者が現れる。その二人が番《つが》った時、奇跡の子が生まれ、国に大きな繁栄をもたらす……そんな伝承があるのだ」

「オッドアイ……。じゃあ、リシャールの瞳は……」

「ああ、私のこの瞳は生まれつきのものだ。生まれた時には、青と灰色の組み合わせだったのだが、長じるに従って、灰色がどんどん薄くなっていって、今のような色になった。召使いのジャンやシモンに言わせると、銀色に見えるそうだ」

「僕には……ダイヤモンドのように見えます」

セナのささやきに、リシャールは優しく微笑んだ。

「おまえの瞳は黄金の輝きだ。本当に美しい」

セナの髪を撫でて、リシャールは静かな声で話を続ける。

「私が生まれた時、国を挙げて、オッドアイの者を探した。父は隣国にまでふれを出して、オッドアイの者を探したという。しかし、私と対を成すような者は見つからなかった。オッドアイの王族は、数十年に一度の割合で現れるらしいが、聖なる番が現れるのは、百年……いや、それ以上の年月に一度あるかないかと言われている。だから、伝説なのだ」

白い花に包まれて現れる、王族と対を成すオッドアイの者。それはまさに、セナのことだ。セナは純白のマグノリアの花群れに包まれて、この世界に現れたのだ。

「マグノリアの花に包まれたおまえを見た時……私は息が止まりそうになった。まるで生まれたてのような姿で現れたおまえに、私は一瞬で恋に落ちてしまった。そんなおまえが私と対を成す金色の瞳を持っていると知った時の胸の高鳴りがわかるだろうか……」

「僕は……あなたのために生まれてきたのですね……」

最初に生まれ落ちた世界で感じ続けた違和感。居場所がないと思い続けた閉塞感《へいそく》。

〝僕は……生まれる世界を間違えたのかもしれない……〟

だから、この美しい世界に生まれ直した。もう一度、運命の人の前に生まれ落ちた。

「セナ」

リシャールがセナの唇に軽く触れるだけのキスをする。

「私の……番になってはくれまいか。私の……永遠の伴侶《はんりょ》に」

頷きかけて、セナははっと我に返る。

聖なる番の間には奇跡の子が生まれる。

〝僕は……〟

子を成すことなどできないはずだ。この身体には子を宿す器官がない。

「リシャール……」

セナは泣きそうな顔で、愛する人を見上げる。

「僕は……あなたの子を宿すことができません」

涙がほろりとこぼれてしまう。

「僕は……僕の身体は……そういうふうにできていないのですから……」

「それはどうだろう」

リシャールはゆったりとした口調で言った。セナに教えるかのように。

「おまえの身体は私を受け入れた。なんの準備もなく、私を受け入れることができた。それだけで十分なのではないか？」

「え……？」

セナは一瞬何を言われたのか、わからなかった。

「受け入れるって……」

繰り返して……少し遅れて、全身がかっと熱くなった。

〝そ、そんなこと……あるわけ……っ〟

無意識のうちに、彼を受け入れたところに指を伸ばしてしまう。そこは……柔らかくあたたかく潤っていた。今すぐにも、彼を受け入れることができるように。

「えっと……」

恥ずかしくて仕方がない。

あれほどに、彼を求めてしまったのも、もしかして……本能的に、彼の子をこの身に宿したいと思ってしまったからなのか。時空を越えた時、この身体も変わってしまったのか。

「……セナ」

深く優しい声が、まるで言い聞かせるようにセナの耳に届く。

「おまえは私の聖なる番だ。間違いなく、おまえは私の子をその身に宿すことができる。どうか……私の伴侶となって、私の傍に……永遠に私の傍にいておくれ」

「リシャール……」

二人の指がそっと絡み合う。

「でも……あなたはいずれ国王となるのでしょう？　僕のような者が傍にいていいんでし

ょうか……」

聖なる番といっても、セナは王妃にはなれない。この世界でも、子を成すことのできる男性はいないだろう。だからこそ、聖なる番の間に生まれる子は奇跡の子なのだ。

男性を伴侶とするリシャールは、民に認められた王となれるのだろうか。皇太子候補は、リシャールの他にもいる。現王妃の子であるジュスタン王子の方が、現国王夫妻の正統な王子だ。前王妃の子であるリシャールの立場は、それでなくても微妙なはずである。

「国王になりたいと思ったことは一度もない」

リシャールは静かに言った。

「しかし、ジュスタンの好戦的な性格が気にかかる。我がフォンテーヌ王国は平和で穏やかな国だ。隣国のロシオンと微妙な関係である今、いっそう気をつけて、民を守らなければならない。しかし、ジュスタンはこちらから戦争を仕掛けようとしている。ロシオンだけではない。周辺の国すべてにだ。領土をもっと広くと望んでいるのだ」

「領土を……」

「確かに、もっと国を豊かにと考える向きはわからなくもない。ロシオンの動きを見ていればわかる。しかし、戦争で得た領土は、同じく戦争で失う可能性が高い。戦争で犠牲になるのは……兵士だけではない。子供たちも女たちも、みな犠牲になる。私は国民を不幸にしたくないのだ」

真摯なリシャールの言葉に、セナはこくりと頷く。

この国は本当に美しい。人々は穏やかで優しく、景色は美しい。

「僕も……この国が好きです」

「セナ」

愛おしげにセナを抱き寄せて、リシャールは言った。

「おまえを今すぐにさらっていきたい。片時も離したくない。しかし、王宮にはジュスタンの手の者も多い。おまえが私の聖なる番となれば、命を狙ってくるやもしれぬ」

「命を……？」

「ああ。まだ公にはできぬが、父の体調が芳しくないのだ。我が王室は、王位を空位にせぬために、生前退位を行う。よって、父が王位を譲る日は近い。おそらく、立太子の儀を行う間はないだろう」

つまり、時間はない。リシャールに時間がないというなら、それはジュスタンも同じだ。リシャールが王位を継ぐために、聖なる番であるセナの存在はかなり大きなものだ。逆に言えば、そのセナを排してしまえば、ジュスタンが後継となる可能性が高くなってくる。

「僕は何も恐れません」

セナは愛しい人の銀色の瞳を見つめる。

「どうか、あなたの傍に僕を置いてください。僕はもう……あなたと離れたくない」

胸にすがりつくセナを優しく抱きしめて、リシャールは少し哀しげに微笑んだ。

「セナ、もう少しだけ待っていてほしい。必ず、迎えに行く。必ず……おまえを私の伴侶とするために」

指を固く絡ませて、リシャールはセナをそっとベッドに沈めた。金と銀の瞳が見つめ合う。窓から射し込む月明かりの中、二人は静かに見つめ合い、そして、ゆっくりと唇を重ねた。柔らかく重ねたキスは、すぐに深くなった。舌を絡ませ、微かに声を洩らしながら、固く抱き合う。

「……愛している……セナ……」

キスの合間に、彼の切ない声。

「僕……も……っ」

キスを貪《むさぼ》りながら、セナも吐息でささやく。

「僕も……あなたを……」

再び、身体を重ねていく。ブランケットが滑り落ちるのにも気づかないかのように、二人はベッドの上で裸身を絡ませる。月明かりの中、一つになる二つの身体。

「あ……あん……っ！」

「セナ……セナ……っ」

「ああん……っ！」

身体を繋ぐ生々しい音。そして、甘く潤む声。

夢中で愛し合う二人は知らなかった。わずかに開いたドアの隙間《すきま》から、ベッドで絡み合う二人の身体と甘くうわずる声をじっとうかがっていた目があったことを。

ACT5

「セナさま？」

大きな籠《かご》に入れた薬草を抱えていたセナは、一瞬くらりとめまいを感じて、思わず立ち止まっていた。

「どうなさいました？」

「あ、うん……」

すぐにめまいはおさまったが、気分の悪さはあまり変わらない。

「なんだか……この頃、朝、調子が悪いんだ」

「朝？」

今日、シモンは、朝から湖の一族の館に出かけている。セナが森の館に来てから、王宮に行く以外はあまり留守にしないようにしていたシモンだったが、セナが来てからすでに三カ月近い。まったく出かけないわけにもいかず、なるべく早く帰るからと言い置いて、朝早くに出かけていったのだ。

その代わりに、湖の一族の娘であるエマが手伝いに来てくれている。

「うん。朝起きた時にすごく気分が悪い。あと……食事の支度をしている時とか。お腹が空《す》いていると気分が悪くなるんだ」

気分が悪いどころではない。実はここ数日、なんとなく身体《からだ》が熱っぽくて重い感じで、朝起きた時に、吐いてしまうこともあった。

「なんだか、熱もあるみたいだし……」

「セナさま」

エマが少し困ったような顔をしている。

「あの……セナさまは男性ですよね……」

「そうだけど？」

「……そう……ですよね……」

エマは首を横に振ると、感情を折りたたむようにして、いつもの穏やかな表情に戻った。

「なんでもありません。あの……朝、お腹が空いた時にご気分が悪いなら、枕元《まくらもと》に何か……軽いパンのようなものを置いておいて、起きたらすぐに召し上がってみたらいかがでしょう」

「ああ、それいいね」

朝食はあまり食べたくないのだが、食べてしまうと気分は少し楽になる。

「うん、そうしてみる」

頷《うなず》いたセナに、エマはなぜか、また困ったような顔をしたのだった。


「町？」

前庭に出したテーブルで、せっせと薬草をむしっていたセナは、にこにこと話しかけてきたニコラを見た。

洗濯と掃除を終えて、エマは湖の館に帰っていた。入れ替わりに、馬と羊たちの世話をしていたニコラが、館に戻ってきたのだ。

「町って？」

「だから、町だよ。王宮のあるところが町……ヴィルって呼ばれてる。市場とか劇場とかがあって、すごく賑《にぎ》やかなんだよ。セナは旅をしていたのに、ヴィルには行かなかったの？」

ニコラのきらきらとした目で見つめられて、セナは少し困ったように微笑《ほほえ》んだ。

「この国に入って、すぐに体調を崩してしまったらしいんだ。たぶん、通ったのだと思うけど、覚えていないんだよ」

　薬草の茎から葉っぱをむしり、その葉をナイフで細かく刻んでいく。すっと爽《さわ》やかなハーブの香りが立った。この香りは好きだ。この香りを嗅《か》ぐと気分がよくなって、身体も少し軽くなるみたいだ。

「それで？　その町がどうかしたの？」

「だからさ、行ってみようよ」

　ニコラがセナの腕に手をかける。

「市場に行けば、めずらしい果物やナーズの森では見られない薬草もあるよ」

「こら、危ないよ、ニコラ！」

　セナは慌ててナイフを置く。

「でも、町って……どうやって行くの？　ルイはシモンが連れ出しているし」

「それなら大丈夫。いつも薬草を届けてくれる一族の者がヴィルの市場に行くから、馬車に乗せてくれるって」

　ニコラがセナの顔を覗《のぞ》き込む。

「ねぇ、行こうよ。お天気もいいしさ」

「でも……」

セナは困ったように微笑む。

「シモンが心配するよ。できるだけ、館を出ないようにと言われているし」

「大丈夫だよ」

ニコラが全開の笑顔で笑う。

「こっそり出かけて、シモンさまに知られる前に帰ってくればいい。シモンさまは、湖の館に行くと、たいてい夜まで帰ってこないんだ。だから、ヴィルでお昼食べたら、帰ってくればいいよ」

「でも、館に来る人たちは？」

「大丈夫だって。一族の者が手伝いに来てくれるし、心配なら、いったん閉めていけばいいんだよ」

ニコラがここまで言うということは、何かほしいものか、見たいものがあるのではないかとセナは考える。

〝まぁ……いいか。瞳《ひとみ》は眼帯で隠しているわけだし……この世界にはまだ写真とかないみたいだから、僕の顔は知られていないはずだし……〟

王宮にいた時は、リシャールの他には、彼の腹心だという召使い頭にしか姿は見られていない。彼はセナの顔を知っていても、その素性は知らないはずだ。リシャールの聖なる番《つがい》としてのセナを知っているのは、リシャールの他にはシモンしかいない。

「……わかったよ」

セナは手にしていたナイフを置き、細かく刻んだ薬草を小さな籠にしまった。

「でも、少しだけだよ。シモンにバレたら、大目玉なんだからね」

「うん！」

ニコラが大きく頷く。

「大丈夫。絶対にシモンさまには言わないから！」


二人乗れば満員になってしまう小さな馬車を降りると、うわっと喧噪《けんそう》が襲ってきた。

「……賑やかだね」

目の前を行き交うたくさんの人々を見て、セナはびっくりしてしまう。

「そりゃ、この国で一番の市場だもの」

そこは青空市場のようなところだった。色鮮やかな果物や野菜、香ばしい香りのパンや焼き菓子、見たこともないような美しい花やハーブ、薬草が所狭しと並べられている。

食べ物だけではなく、美しい刺繍《ししゅう》や織りが施された布や、その布で作られたブラウスやジレ、ドレス、マント……食器やガラス製品もある。

「なんでもあるんだね……」

「ここに来れば、ほしいものはなんでも手に入るよ」

ニコラが言った。

「混み合っているから、もしはぐれたら……あそこ、あの泉のある広場で待っていることにしようよ」

ニコラが指さしたのは、人々や馬車、馬やロバが行き交っている広場だった。真ん中にこんこんと湧《わ》き出している泉があって、繋《つな》がれている馬が首を伸ばして、その水を飲んだりしている。

「わかったよ。ニコラは何がほしいの？」

「うんとね……いろいろ見たいかな。あんまり、ヴィルには来ないし」

「そうなの？」

意外だった。馬車を頼む手際もよかったし、何よりここに来たがったのはニコラの方だったので、何か目的があると思っていたのだ。

「ここは市場だけど、そこの……右側にある道を入ると、お店がいろいろあるよ。お菓子とかパンとか売ってるところもあるし、ドレスなんか仕立てるお店もある」

「へぇ……」

セナは物めずらしげに、周囲を見回した。

小さな出店が並んでいる広場は、赤いレンガ張りだった。目に鮮やかで、とても可愛《かわい》らしい感じがする。空は今日も薄紫に晴れていて、柔らかな陽が降り注いでいる。

「あ、りんごを売っているね」

「あの黄色いのが美味《おい》しいんだよ。森では赤いりんごしかないから、ここでしか買えないんだ。青いりんごはちょっと酸っぱいから、僕は甘く煮た方が好きだな」

「ぶどうもいろいろある……」

マスカットのような緑色のぶどうに、黒っぽい大きなぶどう、紫色の小粒なぶどう。

「緑色のぶどうは少し渋いよ。葡萄《ぶどう》酒にすると美味しいっていうんだけど、僕は飲んだことないからわからないや」

「それはそうだよ」

セナはくすりと笑う。

「そうだ、今度発酵させないぶどうのシロップを作ってみようか。お酒にはならないから、ニコラにも飲めるよ」

「ほんと？」

「たぶん、緑色のぶどうより黒っぽいぶどうの方がいいんじゃないかな。甘みが強い方が美味しいだろうし」

　二人はいろいろな品物を見ながら、歩いていく。

「大きなパンがあるよ！」

「本当だ。あれは固いパンかな」

「うん、市場にあるのは固いパンだよ。柔らかいパンは家まで持って帰る間につぶれちゃうから」

「そうだね」

　たくさんの人々が行き交っている。それぞれ大きな籠を手にして、目当てのものを買い込んでいる。活気のあるやりとりは、なんとなく見ているだけで嬉《うれ》しくなってしまう。

〝こんな平和な国を……失うわけにはいかないよね……〟

　溢《あふ》れる笑顔。中には歌いながら商売をしている者もいる。広場の方には楽隊でもいるのか、フィドルやオルガンの音も聞こえてきた。

「なんだか、すごく楽しそうだ……」

　甘い花の香りがする。これはマグノリアだ。国の花であるマグノリアは、どこに行っても咲いていて、こっくりとした濃厚な香りを漂わせる。

「あれ？　あの紫の花もマグノリア……？」

露店には所狭しとバケツが並べられていて、マグノリアの花がたくさん差してある。セナも見慣れた白い花の他に、薄紫や赤に近いほど濃い紫のものもある。

「ねぇ、ニコラ……」

声をかけて、セナははっとする。

「ニコラ？」

さっきまで隣にいたはずのニコラの姿がない。

「ニコラ、どこ？」

慌てて、あたりを見回すが、ニコラの愛らしい姿はどこにもない。

「ニコラ！」

目を離したのは、ほんの一瞬だったはずだ。

「迷子になっちゃったのかな……」

人の波が流れる。セナはその波に押し流されそうになる。

知らない顔、顔、顔。ニコラの可愛い笑顔はどこにも見えない。

「迷子は……僕の方かも」

何せ、まったく知らないところだ。ここから一人で森の館に帰れと言われても、絶対に無理だ。セナは少し笑ってしまうと、ニコラと約束した広場に向かって歩き出した。

なるほど、ニコラはこんな事態を見越していたのだろう。まったく賢い子だ。

「てより、僕が頼りないのかな」

あちこちの出店を見ながら歩いている人々にぶつからないよう気をつけながら、セナはレンガ敷きの道をゆっくりと進む。一枚皮の靴は底が柔らかいので、レンガのごつごつした感じが直接伝わってくる。

「あ、マグノリアが咲いてる……」

泉が湧き出す広場には、やはり白いマグノリアが咲いていた。甘い香りを胸いっぱいに吸い込むと、なんだか身体の力がふっと抜ける。セナはニコラを待つために、周囲を見回してから、すとんと泉のすぐ傍《そば》に座った。馬車に長い時間揺られたせいか、少し眠気が差してきた。

「紫のマグノリア……買って帰って、差してみようかな。根は出ないかな……」

花を商う出店を見ながら、セナはぽつりとつぶやく。

「マグノリアは……」

セナとリシャールの大切な花だ。初めて出会った場所に咲いていた花。セナの滑らかな肌に染みついていた深くまろやかな香り。

〝あなたの傍にずっといられる日が来たら……庭にたくさんマグノリアを咲かせたい〟

二人の絆《きずな》の香り。そして、二人の思い出の香りだ。

ぼんやりと考えて、セナははっと我に返る。

「いけない……寝ちゃうところだった」

ぽかぽかと陽が当たってあたたかい。のんびりが過ぎる自分に思わず苦笑してしまった時だった。

「え……っ」

ふいに強い力で腕を引かれた。

「……っ！」

それは抗《あらが》いがたいものすごい力だった。抵抗する間もなく、身体が引きずられ、そして。

「何する……っ」

まるで風のように走り過ぎたのは、栗毛の馬だった。その馬上に、セナはいきなり引きずり上げられたのだ。

「離せ……っ！」

鋼鉄のように強い腕に横抱きにされて、そのまま連れ去られてしまう。周囲のざわめきや女たちの悲鳴が駆け去っていく。

〝いったい何が……っ〟

あまりの早さに、何が起こったのかまったくわからない。

しかし、その視界の片隅に、一瞬信じがたいものが映った。

それは、物陰からじっと、誘拐されるセナを見つめるニコラの姿。

〝ニコラ……っ〟

その栗色の愛らしかった瞳は憎悪に満ちて、セナを睨《にら》みつけていたのだった。


飛ぶような速さで駆け続けていた馬車がいきなり止まった。

「……っ！」

無造作に縛り上げられ、座席に投げ出されていたセナは、その勢いで床に落ちた。

「出ろ」

低い声で命令され、体勢も整わないままに、セナは馬車から引きずり下ろされる。

〝ここは……〟

半ば転がるようにして、セナは地面にうずくまった。反射的に顔を上げると、黄昏《たそがれ》の中に豪奢《ごうしゃ》な屋敷が浮かび上がって見えた。石造りの堅牢《けんろう》な屋敷は、背後に鬱蒼《うっそう》たる森を従えているせいか、まるで覆い被《かぶ》さってくるような圧迫感を持っていた。エントランスには篝《かがり》火《び》が焚《た》かれ、そこにずらりと並ぶ武装した男たちの姿を赤々と照らし出している。

「あまり粗雑に扱うな」

聞き取りにくいほど低い声がぴしりと命じる。セナは摑《つか》まれていた腕を突然解放されて、そのまま倒れた。その低い視界の中に、黒いブーツのつま先が見えた。そのまま、そのつま先でぐいと顎《あご》を上げさせられる。

「……っ！」

髪を摑まれ、無理やりに顔を仰向かされた。

「確かに、可愛らしい顔をしているな」

皮肉な笑いを浮かべた男が目の前に立っていた。見上げるような長身とがっしりとした身体つきは明らかに武人のものだが、強い光沢のあるブラウスや豪華な刺繍のあるベストは間違いなく上流階級のスタイルである。

彼はすっと近づいてきた従者に、無言のまま顎をしゃくる。従者は心得たように、彼が下りたばかりらしい馬を引いていった。栗毛の大きな馬は、セナが最初に乗せられたものだった。走り過ぎる馬の上に抱え上げられ、市場から誘拐されたセナは、少し走り、人目のないところで大きな馬車に投げ込まれた。そこで待ち構えていた男たちに縛り上げられて、この屋敷まで運ばれたのである。

「しかし、ずいぶんと華奢《きゃしゃ》だな。今まで私が抱いてきた女たちより細い身体だ」

男の言葉に、周りの者たちがニヤニヤと笑うのが見えた。

〝いったい……誰《だれ》……？〟

「私の顔を見知っていないのか？」

男が薄く酷薄な唇の片端を引き上げた。

宝冠のように輝く金髪は、巻き毛というのか、くるくると癖がある。顔立ちは整っている方だが、きつく吊《つ》り上がった水色の瞳と薄い唇が冷たい印象を与える。

「私はジュスタン。フォンテーヌ王国第二王子である」

〝この人が……っ〟

セナは大きく目を見開いた。

リシャールとジュスタンは異母兄弟であるはずだが、二人の顔立ちはまったく似ていない。おそらく、持っている雰囲気が違いすぎるせいだろう。凜々《りり》しいが穏やかで物静かなリシャールに対して、ジュスタンが発散しているのは、禍々《まがまが》しく好戦的な空気だ。戦いを生業《なりわい》とする者であれば、それはある意味正しいのだろうが、彼が国を統べる次期国王の候補の一人と考えるなら、それは少し恐ろしい。国内が戦争状態であるならまだしも、平和な国の象徴として考える今、彼の持つ性格は、あまりに危険だった。

「連れていけ」

ジュスタンがぱっと手を振った。

「いろいろと……じっくり教えてやろう」

周囲にいる彼の部下たちの表情が気になった。王子の側近たちのはずなのに、その顔に浮かぶ表情は粗野で、下品な感じすらする。

「……っ！」

縛り上げられたまま、引きずり立たされ、セナは屋敷に連れ込まれる。

「痛い……っ！　離せ……っ！」

抗おうとしても、二人の屈強な男に腕を抱えられ、ずるずると引きずられてはどうにもできない。

「どこに連れていくんだ……っ」

「騒ぐな」

男たちは相変わらずニヤニヤしている。

「後で、嫌というほど声を上げることになるだろうからな」

何を言われているのかわからないまま、セナは一つの部屋に連れ込まれた。ドアを閉めると、男たちのうちの一人がセナを縛り上げていた縄を切る。そして、セナを後ろ向きにすると、思い切りそのブラウスを引き裂いた。

「……っ！」

　高い音を立てて、シルクのブラウスは引き裂かれ、突然の蛮行にショックを受けている間に、その場に引き倒され、セナは裸にされてしまった。

「なんだよ、普通の身体じゃないか」

「いや、わからないぞ」

　男たちは裸のセナを床に押さえつける。

「何をする……っ、やめろ……っ！」

　抵抗するセナの両手を押さえつけ、無理やりに裸の両脚を広げようとする。

「よーく見せてみろよ。全部見てやるから」

「嫌だ……っ！」

「おい」

　何人もの男たちに取り囲まれ、セナが身体を開かれようとした時、ドアの方からハスキーな声がした。そこに寄りかかるようにして立っていたのは、すらりとした長身の男だった。他の兵士たちと同じ、ぴったりとしたシャツに革のジレ、細身のキュロットという姿だ。

「なんだ、ジャックかよ」

「邪魔すんなよ。これからがおもしろいんだぜ」

「やめとけ」

ジャックと呼ばれた男は、ふんと軽く鼻を鳴らした。

「ジュスタンさまがお待ちかねだぞ。さっさとそいつを連れていかないと、お叱《しか》りを受けるだけじゃすまないと思うがな。あの方は、なかなかに気が短い」

そして、怖《お》ず怖《お》ずと近づいてきた女性の召使いから、白いブラウスを受け取ると、裸にされたセナの下半身にふわりと投げかけた。

「味見しようなんて思うなよ。おまえらがやったと知ったら、殺されかねないぞ。おまえらが突っ込んだ後に、あの方が突っ込むことになるんだからな」

恐ろしい言葉に、男たちよりもセナの方が震え上がる。

〝……僕は……どうなってしまうんだろう……〟

男たちに慰み者にされることはなくなったようだが、この後、何をされてしまうのだろう。

「……余計なこと、言いやがって」

男たちはセナを召使いの方に蹴《け》り飛ばした。セナは召使いに助け起こされ、部屋から廊下に出ていく。

「僕は……どこに連れていかれるのですか」

セナの問いに、召使いは首を横に振るだけだ。話せないということなのだろう。

〝どうしよう……〟

ここは、リシャールの異母弟であるジュスタンの邸宅なのだろう。いったい、なんの目的でジュスタンはセナをここに連れてきたのだろう。リシャールの言う通りだとしたら、広場でセナをさらうよりも、あの場で殺してしまった方が確実だろうに。

〝僕をここに連れてくる意味は何なんだろう……〟

「ジュスタンさま」

ある部屋の前で立ち止まり、召使いは震える声で言った。

「お連れいたしました」

「武器は持っていなかったな」

ジュスタンの声が聞こえた。召使いがはいと返事をしたことで、自分が裸にされた意味がわかった。セナが服をすべて脱がされたのは、慰み者にするためではなく、ジュスタンを害する武器を取り上げるためだったのだ。

「入れ」

主人の命に答えて、召使いはセナを室内に導いた。

微《かす》かに甘い匂《にお》いがする。部屋のあちこちにろうそくが点《とも》されて、室内は意外に明るい。

部屋は広く、そして、恐ろしく豪華だった。漆喰《しっくい》で塗られた壁には、古代からの戦いの絵が荒々しい筆致で描かれている。その迫力にセナは圧倒されそうになる。豪奢なタペストリーも掛けられていて、金糸、銀糸も華やかなアラベスク模様のような刺繍が施されていた。大きなテーブルには、どこかの地図が広げられている。やはりリシャールの言う通り、彼は近隣の国に戦争を仕掛けようとしているのだろうか。

「下がれ」

セナをジュスタンの前に導くと、召使いは胸の前で両腕を交差し、深々と頭《こうべ》を垂れてから、部屋を出ていった。

パチパチと薪《まき》がはぜる暖炉のおかげで、室内はかなりあたたかい。下着も着けない裸の上にブラウスを羽織っただけのセナでも、寒いとは思わなかった。

「名を名乗れ」

長身のジュスタンは、セナの顎をぐいと持ち上げて言った。セナは唇を噛《か》みしめる。

「口がないのか」

ジュスタンは嘲《あざけ》るように言った。

「まぁいい。名前くらいはわかっている」

その一言に、セナははっとする。

〝僕の名前を知っている……？〟

王宮の者たちは、セナの名を知らないはずだ。セナをあれほど大切にしているリシャールがその名を口にするはずもない。とすると、ジュスタンの手の者が、森の館に来ていたのだろうか。

セナは目まぐるしく頭を回転させる。

〝あの……ニコラの目〟

さらわれたセナが最後に見たのは、ニコラの憎しみに満ちた目だった。それは、明るい笑顔しか見せていなかったニコラの初めて見る顔だった。

〝僕をしつこいくらいに町に誘った……〟

大した目的もないまま、ニコラはセナを町に誘い、わざとはぐれて、あの広場に誘導した。

〝ニコラが……僕を裏切った……〟

大きく首を振って否定したい。しかし、それは事実なのだ。ニコラは策を弄《ろう》して、セナをジュスタンに売ったのである。

〝どうして……っ〟

「何が聖なる番だ」

ジュスタンが冷たく言い放った。セナははっとして、彼の水色の瞳を見つめる。彼はセナの腕を摑むと、力いっぱいテーブルの方に突き飛ばした。

「うわ……っ！」

思わず声を上げて、セナはテーブルの上に投げ出される。思い切り頭をぶつけてしまい、その痛みにガードが緩んだ瞬間を見逃さず、ジュスタンはセナの身体からブラウスを剝《は》ぎ取った。

「なるほど……確かにきれいな身体をしているな。すべすべと柔らかい肌だ。女のようだな」

そして、唯一残っていた右目の眼帯をむしり取られると、セナは一糸まとわぬ姿になった。室内は汗ばむほどあたたかいのに、身体の震えが止まらない。

「金色の瞳か……これは美しいな……」

見開いたセナの瞳をジュスタンが見つめる。

「この身体と瞳で……あの清廉なリシャールを籠絡《ろうらく》したのか」

「籠絡……」

「澄まし返ったあの男を、この身体でたらし込んだんだろう？　淫《みだ》らに喘《あえ》ぎ声を上げて、あいつをこの身体にくわえ込んで、腰を振りまくってたんだろう？」

ジュスタンは冷たい瞳でセナを見る。

「何が聖なる番だ。ただの淫乱だろうが」

〝どうして……僕を聖なる番と知っている……〟

セナの金色の瞳を見れば、セナとリシャールが聖なる番であることはわかるだろうが、そもそもセナが金色の瞳を持っていることを知っているもの自体が限られている。

セナが森の館に来た時には、まだ金色の瞳を隠していなかった。ニコラとはその時に会っているのだから、彼はセナの金色の瞳を見ていたはずだ。

そして、セナとリシャールの営みは、あの王宮での出会いの時と、狩り小屋での逢瀬《おうせ》の二回だけ。

〝まさか、ニコラに見られて……っ〟

狩り小屋での行為を見られてしまった。そうとしかセナには思えなかった。

聖なる番は伝説だ。国一番の賢者と呼ばれるシモンに憧《あこが》れるニコラなら、そういったことに興味を持っていた可能性は高い。オッドアイを持つリシャールとセナを聖なる番と知り、そして、その伝説の意味を知ろうとして、二人の逢瀬を覗いていたとしたら。

〝なんてことだ……〟

何が憎しみへと転化してしまったのかはわからない。少年の潔癖さが性的な営みというものを拒否したのか……それは今となってはわからないことだ。

「おまえは男の身体を持っているくせに、同じ男のリシャールとまぐわって、子を孕《はら》むことができるのか」

リシャールはそう言った。セナも……それは否定できない。この身体はリシャールと愛し合うことができて、彼を迎え入れた。あれは……明らかに子を成すための営みだった。セナの身体は、間違いなくリシャールを待っていたのである。

「それなら」

ジュスタンが酷薄な笑みをその薄い唇に浮かべた。

「おまえがリシャールの子を孕む前に、私の子を孕ませてやろう」

「……っ！」

身体の奥がぎゅっときつく締まる感じがした。まるで……そう、扉に鍵《かぎ》がかけられた感覚だ。

「それは……」

セナは恐怖に掠《かす》れる声を振り絞る。

「できません」

「なんだと……っ」

セナは気丈にジュスタンを見上げる。

「僕の身体は、あの方しか受け入れることができません。あの方だから……聖なる番だから、僕は……受け入れることができるんです。僕は……あの方以外を愛せない」

「この……っ」

いきなり、手の甲で頬《ほお》を張られた。

「私に逆らって、無事ですむと思っているのか……っ」

「あなたは……聖なる番のなんたるかをわかっているのですか」

セナは深く息を吸い、金色の瞳でジュスタンを睨み上げた。右目が燃えるように熱い。

「永遠の一対であるから、聖なる番なのです。僕はあの方のためだけに生まれてきた存在です。あなたに僕を汚すことはできない」

ジュスタンの顔が見る見るうちに赤くなっていく。憤怒《ふんぬ》に耳から胸元のあたりまで赤くなっている。

〝殺されるかも……しれない〟

セナをテーブルにはりつけにしている腕が、この喉元《のどもと》にかかったら、ひとたまりもないだろう。彼なら、セナの細い喉などひと思いに締め上げられる。しかし、今のセナの中にあるのは、恐怖を乗り越えた憤りだった。

〝リシャールを……聖なる番を侮辱することは許さない〟

セナをこの世界に誕生させたリシャールとの『聖なる番』という絆。それはセナの存在意義であり、唯一無二の誇りだ。

「王族に侍《はべ》る性奴隷が……生意気な口を利くな……っ!」

抵抗しようにも、一糸まとわぬ姿のセナには、なんの武器もない。再び顔を殴られ、意識が飛びかける。抵抗がゆるんだ隙《すき》に、強引に両脚を広げられてしまう。むき出しにされた小さな蕾《つぼみ》の花びらを無骨な指が無理やりに開こうとする。

「……っ!」

その瞬間だった。セナの白い肌が内から輝き出すような艶《つや》を帯びたかと思うと、ぱっと鋭い光が走り、ジュスタンの大きな身体を吹き飛ばしてしまったのだ。

「……こいつ……っ!」

セナに蹴られたとでも思ったのだろう。ジュスタンの顔が屈辱にゆがみ、鬼の形相に変わっていく。

「リシャールがそんなによかったのか……っ！　あいつとまぐわって、獣のような叫び声を上げていたんだろう……っ」

リシャールとの営みについて、どれほどの情報を得ているのかはわからないが、二人の激しくも甘い行為を聞き及んでいるのだろう。しかし、それはお互いが唯一のもの、聖なる番として愛し合っているからこその営みなのだ。

しかし逆に言えば、この絶対の絆はセナにとって、おそらく諸刃《もろは》の剣だ。番の相手であるリシャールとは、なんの障害もなく愛し合えたこの身体構造も、そうではないジュスタンを受け入れることはできない。強引に暴力で犯されれば……セナの命はないだろう。硬く閉じきり、決して潤うこともないこの身体を蹂躙《じゅうりん》されれば、その痛みやショックで死んでしまってもおかしくない。

「……切り開いてでも犯してやる……」

容易に開かないセナの華奢な身体に焦《じ》れて、ジュスタンが恐ろしい言葉を口にした。そして、腰に手をやるとぎらりと禍々しい大きなナイフを鞘《さや》から抜き出す。

「私を怒らせて……ただですむと思うな……っ」

「いや……いやだ……いやだぁ……っ！」

セナは思い切りの叫び声を上げた。こんなナイフを花びらに突き立てられたら……本当に死んでしまう。

〝リシャールに会わずに……殺されたくない……っ！〟

もしも死ぬとしても、あの人の腕の中で死にたい。セナは無意識のうちに脚を蹴り上げていた。ほっそりとしてはいるが、若い身体のバネはすごい。突然のセナの渾身《こんしん》の抵抗に、思わずジュスタンが一歩退《ひ》く。さっき謎《なぞ》の光に吹き飛ばされた時の衝撃を思い出したのだろう。

「……っ！」

セナが言葉にならない叫びを上げると、ジュスタンの腕の力が一瞬弱まった。かよわいと思ったセナの絶叫に驚いたのかもしれない。セナは思い切り跳ね起きると、回し蹴りの要領で蹴りを入れる。当たりはしなかったが、距離を取らせるには十分だった。セナはジュスタンが取り落としたナイフを拾い、ドアに向かう。

「逃げられると思っているのか」

「あなたに……殺されるくらいなら、自分で命を絶ちます」

セナは金色の瞳を光らせる。

「リシャールに……僕の死体を見せればいい。あの方は……あなたを絶対に許さない」

「リシャールなど恐れるに足りぬ。あんな腰抜けに私が負けるとでも」

「あなたは本当のあの方をご存じないのでしょう」

セナは微かに笑う。金色の瞳が放つ光が、白い裸身を包んでいるかのようだ。

「銀の瞳を持つあの方の真価を、あなたはご存じない。穏やかで物腰が柔らかいからこそ……本当の怒りに駆られた時が恐ろしいとは思わないのですか」

セナの細い声がぴんと響く。

「弱い犬こそよく吠《ほ》えるとは……思わないのですか」

「何……っ！」

怒りのあまり、赤くなるのを通り過ぎて、青ざめ始めたジュスタンが、セナに飛びかかろうとした時だった。

「……っ！」

庭の方で、何かが爆発するような衝撃音が響き渡った。広大な石造りの邸宅が揺れるほどの衝撃だ。

「ジュスタンさま」

庭に兵士たちが飛び出していく騒々しい物音。そして、ドアの向こうからハスキーな声が聞こえた。

「ご無事でございますか」

「問題ない。何かあったのか？」

ジュスタンが大声で答えた。

「侵入者が複数あったようです。手の者が捜索しておりますので、ジュスタンさま、ぜひご指示を」

部下の言葉に、ジュスタンは少しの間考えていたようだったが、舌打ちをすると、セナを睨みつけながら言った。

「入ってこい！」

「失礼つかまつります」

ドアが開き、すらりとした長身の兵士が入ってくる。

「おや……」

兵士は裸のセナをちらりと見て、少し肩をすくめたようだった。

「この淫売を見張っていろ。自害などせぬように、猿ぐつわを噛ませて、縛り上げておけ」

「承知いたしました」

胸に手を当て、慇懃《いんぎん》に頷いた兵士とセナを置いて、ジュスタンは足早に居室を出ていった。

「……やれやれ」

ジュスタンの背中を見送り、パタンとドアを閉じると、兵士は皮肉っぽく唇の片端を引き上げた。

「まったく……主殿《あるじどの》の嗜虐《しぎゃく》趣味にも困ったもんだ」

「え」

その声と兵士らしからぬすらりとした容姿に、セナは見覚えがあった。

「あなたは……」

「俺は主殿のような趣味はない。とっとと服を着ろ」

確かジャックと呼ばれていた兵士は、背負っていた物入れから、兵士用らしい質素なシャツとジレ、キュロットとブーツまで取り出した。

「少し大きいかもしれないが、我慢してくれ」

「あ、あなたはいったい……っ」

「いいから。とっとと服を着ろ。おまえの裸はなかなかに刺激的なんだ」

ジャックは皮肉な笑みを浮かべた。

「マスターのことだから、雑魚《ざこ》どもにとっ捕まるようなことはないだろうが、あの人も一応人間だから、長時間逃げ回るのはきついだろう。年も年だしな」

「誰が年だ。失礼なやつだな」

　カタリと庭に向いたドアが開いた。思わず身構えたセナの目に映ったのは、懐かしい人の姿だった。

「シモン……っ！」

　いつものゆったりとしたチュニックではなく、闇《やみ》に紛れる黒のシャツとジレ、キュロットに長いブーツという姿のシモンがそこに立っていた。長い総髪はきりりと革紐《かわひも》できつくまとめられている。

「ご無事でしたか、セナ」

　するりと静かに室内に入ってくると、シモンは駆け寄ってきたセナを抱きしめてくれた。

「お顔に傷がありますね。まさか、ジュスタンさまに無体な真似《まね》をされたのではないでしょうね」

「無体どころか、あの悪魔を相手に蹴りを入れていたぜ」

　ジャックがくすくすと笑っている。

「大したたまだよ、この美人さんは。けだもの連中に取り囲まれても、主殿に殺されそうになっても、絶対に服従しない。最後の最後に蹴りまで入れる。さすが、伝説のお方だ。やわな美人顔に騙《だま》されるととんでもないな」

「蹴りまでって……見ていたんですか……っ」

思わず、セナは叫んでしまう。

「どうして、早く助けて……」

「仕方ないだろうが。マスターが騒ぎを起こしてくれなければ、動きようがなかったんだ。俺だって、命は惜しい。主殿の手の者は、どいつもこいつも札付きだ。俺のような優男には荷が重すぎるんでね」

ジャックはしれっとした口調で言って、ちらりと外をうかがった。

「マスター、馬は？」

「打ち合わせ通りに、裏の森の中に隠してある」

「わかった。おい、美人さん、馬には乗れるか」

「は、はい……っ」

外が騒がしくなってきた。広い範囲を探し回っていた者たちが、捜索の輪を縮め始めたらしい。ジュスタンのよく響く声も聞こえている。

「マスター、急いだ方がいいな。周囲をがっちり固められるとまずい。けだもの連中は馬鹿だが、主殿はそこそこ頭が働く。さっさと逃げ出した方がいい」

早口に言うと、ジャックはひょいとセナを抱え上げた。思わず悲鳴を上げそうになって、セナは両手で自分の口を塞《ふさ》ぐ。ジャックがにやりと笑った。

「賢いな、美人さん。美人で淫らで、その上凜々しくて、賢い。リシャール王子が骨抜きになるはずだ」

そして、セナを肩の上に抱え上げると、そっと暗闇の中に滑り出た。

「マスター、後ろは任せた」

「おまえこそ、セナを頼むぞ。リシャールさまの大切な方だ。傷一つつけるな」

「マスター次第だよ」

ジャックが走り出す。いくら軽いといっても、セナを肩の上に抱えているとは思えないほど、その足は速い。すらりと細身に見えるが、しなやかに鍛え上げられた筋肉の持ち主なのだろう。

「ジャック……っ」

セナの金色の瞳は、真の闇の中でも、周囲を見ることができる。

「森の手前に二人いる！」

「おう、松明《たいまつ》いらずか。便利だな！」

ジャックは答えると、セナを担いだまま軽く飛んで、右の男に蹴りを入れ、左の男には腰から抜いた剣でざっと足元を払った。

も聞こえる。

「脚の腱《けん》を切っただけだ。あんなけだもの野郎でも、同じ釜《かま》のメシを食ってきたんだ」

ジャックが飄々《ひょうひょう》と答える。背後に追いすがる者たちの叫びが聞こえるが、悲鳴や怒号
「こ、殺したの……っ」

「あれは……」

「マスターだ。心配いらない。マスターはこの国一の剣士だ。あのじじいに勝てるやつは、この国にいないよ」

いったい何人を相手にしているのだろう。剣のぶつかり合う音。飛び散る火花。何か鈍い音もするのは、骨が砕ける音ではないか。

「……本当に大丈夫なのかな……」

ようやく森に入り、ジャックは足を止めた。肩の上からセナを下ろしてくれる。

「さて、美人さん」

「その呼び方、やめてください」

セナはぺたりと座り込んでしまう。緊張感が限界を超えてしまったのだ。

「おい、立てるか」

ジャックは相変わらずのんきな口調のままだ。手を貸して、セナを立ち上がらせてくれ

る。

「馬は見えるか？」

「……その左の茂みにいます。二頭」

「ほんと、便利だな」

ジャックはそう言うと、セナの言葉通りに左に進み、二頭の馬を引き出してきた。

「マスターはどうだ？　美人さん」

「僕はセナです」

「俺はジャックだ」

ジャックは改めて名乗り、セナの顔をまじまじと覗き込んだ。

「本当に金色なんだな……」

「え……っ」

「いや、その瞳だよ。俺もこの国の人間だから、聖なる番の伝承は知っているが……本当に金色の瞳なんてあるんだな。リシャール王子の銀の瞳を見ているから、番になる相手は金色の瞳を持っているとは思っていたが」

ジャックは黒髪に黒い瞳のハンサムな男だった。少し皮肉っぽい笑みを浮かべているのが、なんだかクールな印象を与える。

「積もる話は後にしろ」

またも唐突に聞こえた声に、セナは悲鳴を上げそうになる。

「シ、シモン……っ」

この深い森と茂みの中に、音も立てずに滑り込んできたのはシモンだった。その顔や髪、肩のあたりに血が飛び散っているのを見取って、セナは反射的にその身体を検《あらた》めてしまう。

「シモン、けがは……っ」

「マスターがあんな雑魚ども相手にけがなんかするもんか」

するりと馬に乗ったジャックは不敵な笑みを浮かべている。

「それは返り血だ。そうだろ、マスター」

「長居は無用だ」

シモンは、先にセナを馬に乗せると、自分もその後ろにひらりと飛び乗った。

「行くぞっ！」

背後に松明の光が近づいてくる。二頭の馬に乗ったシモンとセナ、ジャックは夜の闇に紛れて、森の奥深くに消えていったのだった。

ACT6

帰り着いた森の館は、しんと静まりかえっていた。二頭の馬の世話をジャックに任せて、シモンはセナを連れて、館に入る。大きな扉を開けて中に入っても、誰の気配もなく、しんとしている。

「シモン……」

セナはそっと言った。

「……ニコラは？」

「あれは……湖の一族に預けました。あの子は森の一族の中では……少し疎まれているところがありますので。エマが預かってくれました。ニコラもエマには懐いています」

シモンは静かに言い、髪を束ねていた革紐を解き、血まみれになったジレを脱いだ。

「着替えていらしてください、セナ。ジュスタンさまの手の者も、この館には近づけませんから」

「え……？」

「結界が張ってあるんだよ」

馬の世話を終えたジャックが入ってくる。

「このじじいは魔法使いみたいなもんでね。できないことはないし、知らないこともない」

「ジャック」

シモンがじろりとハンサムな皮肉屋を睨む。

「ワインとパンを持ってこい。場所はわかっているだろう」

「俺がいた頃と変わってなきゃね」

ジレを脱ぎながら、ジャックは厨房《ちゅうぼう》に入っていく。セナは軽くシモンに会釈してから、ふらふらとした足取りで自分の部屋にいったん戻った。

「痛い……」

ジャックに借りた衣類を脱ぎ、自分のものに着替える。よく見ると、身体中に痣《あざ》があった。手首には縛られた縄目がくっきりと残っていて、自分にふるわれた数々の暴力を思い出して、身体が震えた。

シモンとジャックが来てくれなかったら、自分はどうなっていたのだろう。兵士たちに犯された上に、ジュスタンに惨殺されていたかもしれない。

「リシャールは……大丈夫なのかな……」

言ってみれば、セナはリシャールのパートナーのようなものだ。そのセナにあそこまでの暴力がふるわれたということは、ジュスタンの敵であるリシャールには。

「リシャールは時間がないって言ってたけど……」

それはジュスタンも同じだろう。だから、これほどの暴挙に出たとも言える。セナはブラウスとキュロットに、エマから贈られたストールにくるまるようにして、部屋を出た。厨房の隣にある居間に行くと、すでにシモンとジャックがワインを酌み交わしていた。

「大丈夫ですか？　セナ」

セナの顔には、ひどい痣ができていた。ジュスタンに殴られた時のものだ。口の中も切れているらしく、勧められたワインを口に含むとひりひりと痛んだ。

「ええ……なんとか」

「この美人さんはなかなかだよ」

ジャックが笑う。

「あの見事な回し蹴りを見せたかったたな。きっちり脚は上がっていたし、くるりと回った後も身体のバランスが崩れていなかった。いったい何を仕込んだんだ？　マスター」

「セナの身体能力はもともと高いんだ」

シモンが少し顔をしかめた。

「おまえよりな。ロバや馬にもすぐに乗れるようになったし、木に登らせても、湖で泳がせても、すぐにいろいろな動きを身体に馴染《なじ》ませてしまう」

意外なシモンの評価だった。確かに子供の頃には体育が得意だったし、高校から大学の途中までフェンシングをやっていて、全国大会まで進んだこともある。しかし、すべては過去のことで、まさかそれが今になって、我が身を救うことになろうとは。

「まったく……こんなことになるのだったら、もっと、武術を教えておくべきでした。あなたが身を守れるように」

シモンの言葉に、セナは軽く首を横に振った。

「いえ……助けに来ていただいただけで十分です。でも……よく僕の行方がわかりましたね」

ニコラが言ったとは思えない。彼はセナを憎んで、ジュスタンに売り渡したのだ。簡単に白状するとは思えなかった。

「ニコラの様子がおかしかったので」

シモンはさらりと言った。

「あなたがいないことに気づいて、ニコラに尋ねたら、あなたは勝手に出ていったと言いました。それはあり得ないことですし、それを知っていて、私に質問されるまで黙っていたニコラもおかしい。そこに、このジャックがやってきて、ジュスタンさまがリシャールさまの番を拐《かどわ》かしてきたと聞き……すぐにあなたを助けに馳《は》せ参じました」

「ニコラは……」

セナは身を縮めるようにして、小さな声で言った。

「僕を……とても怖い目で見ていました」

「私のせいなのですよ」

シモンが少し苦しそうに言う。

「私が……あの子に中途半端に接していたから……」

「ニコラはさ」

ジャックが固いパンをかじりながら言った。

「ものすごく愛されることに餓《う》えてる子なんだよ。生まれる前に父親がいなくなって、母親はニコラを産んだ時に亡くなっちゃってさ。父親が森の一族じゃなかったから、行きどころがなくなっちゃったんだよな」

「ニコラは森の一族ではなかったのですか？」

セナの問いに、シモンは頷いた。

「あの子の父は旅の者でした。それでも、ニコラが生まれる一月くらい前までは、森の一族に加わるとしていたのですが、やはり……旅の者の血が騒いだのでしょう。ある日ふっといなくなってしまい、ニコラの母はすっかり気落ちして……飲まず食わずで塞ぎ込んでしまって、ニコラを産む頃には痩《や》せ衰えて、子を産むことに身体が耐えられませんでした」

「森の一族は、それでなくてもプライドが高くて、まぁ……お高くとまってる一族なんだよ。旅の者に一族の娘を汚されたあげく、捨てられて、娘は死んでしまった。残されたのは、その憎むべき旅の者の血を引いた子供だ。まぁ、誰も引き取りたがらないよな」

「あの」

訳知り顔で解説するジャックに、セナは怖ず怖ずと聞いた。

「ジャックは……ジュスタン王子の手の者なんですよね？」

「あー、まぁ、そうなんのかな。俺はどっちでもよかったんだけど」

「どっちでもいい？」

「こいつは、そのお高くとまっている森の一族の者ですよ」

シモンが渋い顔をしている。

「森の一族の中でも、最も古い家系の者です。本来であれば、森を守らねばならぬ身なのですが、そんなめんどくさいことは嫌だと申しまして。こういう乱暴者は森に置いておいても邪魔なだけですから、武術にだけは秀でておりましたので、王宮の護衛に上がらせました」

「王宮の護衛兵ってのは、いくつかに分かれててさ、トップの何人かは王族が直々に選ぶんだよ。俺はジュスタン王子に選ばれたってわけ。特に拒否する理由もないし、まぁ、頭は筋肉だけど、あの単純な王子は嫌いじゃなかったから」

「ジャックはリシャールさまが苦手なのですよ」

相変わらず、シモンは仏頂面のままだ。

「この通り、ふざけた物言いしかできない者です。リシャールさまのような人格者が苦手なのです」

「別に嫌いじゃないよ」

ジャックはワインをがぶがぶと美味しそうに飲んでいる。

「ただ、あの方は争いごとを好まないだろ？　俺の出番はないかなってだけ。俺は戦うしか能のない男だからさ」

「でも……」

セナはそっと言った。

「ジャックは……僕を助けてくれました。ジャックがいてくれなかったら……僕は……」

「美人さん」

ジャックが軽く首を横に振る。

「それは言いっこなしだ。話しても聞いても、気分のいい話じゃないからな」

ジャックはセナが受けた屈辱の記憶をそっとなかったものとしてくれた。シモンはある程度悟っているようだが、彼もまた口にしようとはしない。

「セナ」

シモンがゆっくりと口を開いた。

「私が言えることではありませんが……できたら、ニコラを許してやっていただけませんか」

「シモン……」

「あの子が取り返しのつかないことをしてしまったのはわかっています。もしも、リシャールさまがあの子のしたことを知ったら、決して許しはしないでしょう。だからこそ、卑《ひ》怯《きょう》にも私はあなたにお願いするのです。どうか……あの子の愚かな振る舞いを許してやってはいただけないでしょうか」

「マスター」

ジャックが再び首を横に振った。

「それはだめだ。それはニコラのためにならない。あいつは、自分がしてしまったことを自覚しなきゃならない。あいつのせいで、この美人さんとシモンは、一歩間違えば命を落とすところだったし、主殿の兵士たちは何人もけがをした。このマスターだから殺さずにすんだが、それこそ、何人が命を落としかけたか。自分のつまらない嫉妬《しっと》心がどれほどの人たちを傷つけたか、あいつは知らなきゃならない」

「嫉妬心？」

セナはまだ、ニコラが自分をジュスタンに売った動機が今ひとつわかっていない。軽く視線で促すと、ジャックが渋々口を開いた。

「あいつはさ、たぶん、シモンをセナに取られたくなかったんだよ」

「え……？」

「いや、ちょっと違うか。要するにさ、自分がようやく築いた小さな世界に、セナが現れたことが許せなかったんだと思う」

ジャックはナイフを取り出すと、りんごを剝《む》き始めた。彼は左利きらしい。左手にナイフを持って、器用にりんごを剝いている。

「ここは、あいつにとって、やっと手に入れた安住の地でさ、ここでシモンに甘えて、静かに暮らしたかったんだろうな。たぶん、シモンとリシャール王子の絶対の信頼関係にも憧れていたんじゃねぇのかな。そこに、この美人さんが突然現れた。美人さんはリシャール王子と唯一無二の運命の番で、熱烈に愛し合っている。シモンにも認められて、大切にされている。あいつにとっちゃ、自分がやっと築き上げた城が崩れ去るような気分だったんだろう」

「そんな……っ」

セナはなんだか泣きそうになってしまう。

そんなつもりはなかった。ニコラのことが好きだったし、可愛かった。弟のような気持ちで接して、この世界のことをいろいろと教えてもらって……仲良く過ごしてきたつもりだった。

「シモン……」

セナは涙を飲み込んで、静かに言った。

「僕は……もうここにはいられません」

「セナ……っ！」

「……誤解しないでください」

セナは少し切なげに微笑んだ。

「僕はリシャールの傍に行きます。リシャールはもう時間がないと言いました。バスチアン国王の生前退位が迫っていて、リシャールとジュスタン王子のどちらが次期国王になるのかを決めるまでに、もう時間がそれほどないのだと」

「ああ……だから、主殿は美人さんを拐かすという強硬手段に出たのか」

すぐにジャックは事の次第を理解したようだ。

「それなら、いっそのこと、さっさと美人さんとリシャール王子が聖なる番であることを公表しちまった方がいいんじゃないのか？」

「リシャールさまは……偏見によって、セナが傷つけられることを恐れているのだ」

シモンが苦い口調で言った。

「私たちは、聖なる番の伝承は知っていても、その番の相手が……王子と同性であるということを、目の前に突きつけられるまで考えていなかった。だからこそ……お二人の間に生まれる子が奇跡の子であるということを考えていなかったんだ」

「美人さんは……子供を産めるのか」

ストレートにジャックが尋ねてくる。セナはこくりと頷いた。

「ええ。相手が……リシャールであるなら」

「それなら」

ジャックはあっさりと言う。

「美人さんを守るのはシモンの役目ではなく、リシャール王子の役目だろう。王子もそれを望むのではないのか？」

「ジャック」

「偏見があるというなら、王子が一人で戦うのではなく、二人で戦うべきだろう。俺たちの出番は、美人さんを王子のもとに送り届けるところまでだ。美人さんも王子に囲われるような人生は望んでいないだろう？　王子と対等にいたいのだろう？」

さすがに聡明《そうめい》な森の一族だ。ジャックはあっという間にすべてを理解し、真っ直《す》ぐに進むべき道を示してくれる。

「ええ、ジャック」

「セナ……」

シモンが少しだけ切なそうな表情を浮かべている。

「私はあなたに……何もしてあげられなかった。あなたにつらい思いをさせただけだったのですね」

「そんな……っ」

セナは慌てて、首を横に振る。

「どこから来たかもわからない僕にいろいろなことを教えて、守ってくださいました。シモンに出会わなければ、僕はこの世界で生きていけなかったし、リシャールの番として、誇りを持って生きていくこともできませんでした。シモン、あなたには心から感謝しています」

「マスター」

ジャックがシモンの肩をポンと軽く叩《たた》く。

「湿っぽくなるのは、まだ早いぜ。この美人さんを魑魅魍魎《ちみもうりょう》渦巻く王宮に連れていって、リシャール王子の腕の中に届けなきゃならないんだ。このクエストに、我が王国の存亡がかかってるようなもんだからな」

「……確かに」

気を取り直したように、シモンが唇をきっと引き結ぶ。

「ジャック」

「なんだよ」

ワインをまるまる一本空けても、ジャックは微塵《みじん》も酔いを見せない。黒い瞳は冴《さ》え冴《ざ》えと澄んでいた。

「バスチアン国王の退位が近いというのは、本当なんだな」

「ああ」

シモンの問いに、ジャックは頷いた。

「美人さんがこの森の館に来る少し前に、体調を大きく崩して、それからはほとんどベッドで過ごしていると聞いた。いろいろな国事行為は口頭や書面で指示をして、大臣たちが代行している。どうしても王族の臨席が必要な場合は、ベルナデット王妃が代理として出席しているな。もうそろそろ限界だろ」

「ベルナデット王妃は、ジュスタン王子の実の母親なのですよね？」

セナの問いに、ジャックは頷いた。

「元は側室の一人だったが、リシャール王子の母であるアレクサンドラ王妃が亡くなって、その後釜に座った。やっぱり、ジュスタン王子を産んでいたのが大きかったようだな」

「正直、次期国王としての呼び声が高いのは、ジュスタン王子の方なのです」

シモンが言う。

「大臣や王族たちからすれば、思慮深く、伝説の瞳を持つ神秘的なリシャール王子よりも、単純で粗暴なジュスタン王子の方が、いろいろと都合がいいのですよ。扱いやすいというか……おそらく、ジュスタン王子では、摂政をつけないと、国を統べていくのは難しいでしょう」

「けちょんけちょんだな」

「真実だ」

　シモンはゆっくりとワインを飲み干した。

「リシャールさまの切り札があなたなのですよ、セナ。あなたがリシャールさまの聖なる番の相手であり、国を繁栄に導く奇跡の子をその身に宿すことのできる存在であることが公になれば、伝承を知る民はリシャールさまを国王として立てることを望むでしょう。この国は……平和で穏やかではありますが、決して豊かではありません。民は皆……奇跡を待っているのです」

　そして、シモンはグラスを置き、すっと視線を落として、自分の指にはまっている指環《ゆびわ》を見つめた。

「……やはり近くまで来ているようだ」

「シモン？」

　シモンはすっと立ち上がると、指環を外した。鮮やかなグリーンに、転々と血のような赤い粒が混じり込んだような不思議な石がはまっているものだ。その指環の石に軽く指先を当てると、シモンは目を閉じ、もう片方の手の指で軽く唇に触れて、何かの呪文《じゅもん》を唱えた。

「シモン……？」

「結界を強化しているんだ」

ジャックが言った。

「シモンの張る結界は強力だから、追っ手はこの館を見つけられないはずだ。王宮までの道中もなんとかなる。しかし……王宮に入ってしまうと、さすがに無理だ。美人さんも少しは頑張ってくれよ」

「ジャック」

セナは少しだけ笑った。

「いいかげん、僕の名前を覚えてください」

僕はリシャール王子の聖なる番、セナであると。

ACT7

セナとシモン、ジャックが森の館を出たのは、まだ夜も明けない頃だった。

「夜の森は危険なので、本当は明るくなってからの方がいいのですが」

シモンが、ジャックが引き出してきた馬たちに、はみや鞍《くら》をつけながら言った。

「しかし、闇の中の方が結界は強くなるので」

「ああ、暗いのは大丈夫だよ」

ジャックが言う。

「セナの金色の瞳が道案内してくれる」

セナは真っ白なシルクにやはり白い絹糸で豪華な刺繍を施した、ゆったりとしたチュニックと白のキュロットという姿だった。やはり白のシルク地に絹糸や金糸、銀糸で刺繍をした大きなストールを、マントのように肩から背中にかけている。

「しかし、まるっきり花嫁衣装だな」

ジャックが笑った。

この衣装はリシャールがシモンに託したものだった。セナを王宮に迎え入れる時に着せてやってくれと、預けたものだという。

「……おかしいですか？」

この世界に来て、すでに三カ月以上経つが、未《いま》だに服装には慣れない。

「いや、すげぇ美人さんだ」

「よくお似合いです」

シモンも褒めてくれる。

「セナの艶やかな黒髪と黒曜石のような黒い瞳を引き立てます。リシャールさまのお見立てはさすがです」

「まぁ、花嫁だよな。リシャール王子の子を産めるわけだし」

ジャックがのほほんとした口調で言う。

「ジャック……っ」

〝まさか……〟

耳たぶまで薄紅に染めて、セナははっとした。

反射的に、お腹に手を当ててしまう。

〝まさか……っ〟

「どうした？　腹でも痛いのか？」

突然固まってしまったセナに、ジャックが「何をしているんだ？」という顔をしている。

「い、いえ……なんでもありません」

セナはふうっと深く息を吐いた。

今は考えても仕方がない。とにかく前に進むしかない。森から王宮へと駆け抜けて、彼のもとにたどり着かなければならない。聖なる番である、あの人のもとへ。

「セナ」

馬の準備ができた。いつもは裸馬なのだが、今日は王宮に向かうので、きちんと美しい鞍がつけてある。いよいよ乗る時になって、シモンがずしりと重いものを渡してくれた。

「これは……」

渡されたものは、細身のベルトと宝石で飾られた美しい短剣だった。

「これもリシャールさまからお預かりしていたものです。セナが自分の身を守れるようにと。これを使うことはないようにしたいものですが、ジャックが言った通り、王宮内には魑魅魍魎が跋扈《ばっこ》いたします。お覚悟を」

シモンの重い言葉に、セナは頷く。

〝ここまで来てしまった……〟

もう後戻りはできない。

前に進むしかないのだ。


二頭の馬を飛ばし、王宮が見えたあたりで、陽が昇った。

「ここから先は……結界の力が弱くなります」

夜が明けて、明るくなった町の中で、馬を全力疾走させることはできない。危険であるし、何より目立ってしまう。

「しかし、口を利かなければ、まぁ、王宮くらいまではどうにかなるでしょう。セナ、どうぞお静かに」

シモンのささやきに、セナは無言で頷いた。

ニコラとともに歩いた青空市場のあたりを通り過ぎる時、ちくりと胸が痛んだ。あれはほんの一日前のことなのに、ずいぶんと昔のような気がする。

〝もう……あの穏やかな日々は戻ってこないんだ……〟

可愛かった弟のような少年。最後に見た彼の憎悪に満ちた眼差《まなざ》しが哀しかった。

〝ごめんね、ニコラ……〟

セナが運命という波に翻弄《ほんろう》される小舟なら、ニコラもまた、その影響を受けてしまった愛らしい水鳥だ。

セナは顔を上げて、王宮の尖塔《せんとう》を見上げる。

〝ここまで……来てしまった〟

「シモン、俺は先乗りする」

待ちかねたように、ジャックがくっと馬の手綱を引いた。

「できるだけ穏便に話をつけておく。あんたたちが堂々と忍び込めるようにな」

ジャックがさっと走り去った。シモンが肩をすくめる。

「何が穏便だ。堂々と忍び込むとは、どういうことだ」

「不思議な方ですね」

飄々としたジャックの存在は、セナにとってありがたいものだった。ともすれば、深刻になりすぎそうな空気を彼はひょいとやわらげてくれる。

「とても心強い……味方です」

セナの言葉に、シモンはふっと軽く微笑むだけだ。

「さて、参りますよ、セナ」

できるだけ、人通りの少ないところを選んで、シモンとセナを乗せた馬は王宮に向かう。

フォンテーヌ王国の王宮は、グレイの石材を積み上げて作られていた。遠目には白く見えたのだが、近づいてみると、きらきらとした粒が混じったグレイの石を組み合わせて作られている。

「きれいですね……」

思わずセナはつぶやく。

「陽の光に……輝くようだ」

「王宮の正面は東に向いているのですよ。つまり、陽が昇ると王宮全体が輝いて見えるように作ってあるのです」

シモンが答えた。

「さて……外回りの衛兵が出てこないうちに、入城してしまいましょう」

シモンの言葉に、セナは唇をきっと結んで頷く。馬から下りて、目立たない場所に繋ぐと、先導するシモンについて、セナは王宮の中に入った。

「こっちだ」

誰もいない、小さな潜《くぐ》り戸から中に入ると、ジャックの声が聞こえた。そちらを見ると、ぐったりしている衛兵を縛り上げているハンサムな男がいた。

「殺していないだろうな」

「そんな手間かけるかよ」

ジャックは肩をすくめ、気絶した衛兵を物陰に隠すと、先に立って歩き出した。

「……誰もいないのですか？」

王宮に、こんなにすんなり入っていいのかと不思議そうな顔をするセナに、シモンはうっすらと笑った。

「この王宮のことは、隅々まで知っています。これだけ大きな城だからこそ、警備が手薄な場所も必ずあるのですよ」

「前に言っただろ。このじじいが知らないことはないし、できないことはないって」

ジャックがささやくように言って、にやりと笑う。

「だが、これからが大変だ。何せ、セナの愛《いと》しい王子さまは一番警備がものすごいところにいるんだからな」

ジャックが言った瞬間、雄叫《おたけ》びのような声が聞こえて、バラバラと衛兵たちが走ってくるのが見えた。

「侵入者だ！」

「何者だ！　どこから入ってきた！」

「神通力が足りねぇぞ！　マスター！」

　ジャックが低く毒づいた。

「穏便に話をつけてあるんじゃなかったのか」

　シモンが間髪入れずに答える。ジャックがふんと鼻を鳴らした。

「王子さまはいったいどこにいるんだよ！」

　王宮の中はとにかく広い。しかも、侵入者を想定して、まるで迷路のようになっている。衛兵たちに追われて、三人は走り出したが、どこまでも続くグレイの壁と床、ずらりと並んだ同じ形のドアに、すぐに自分がどこにいるのか、どこから来たのかわからなくなってしまう。

「マスター！」

　追いすがってきた衛兵を蹴り飛ばし、横から出てきた者のみぞおちに肘《ひじ》を叩き込みながら、ジャックがわめいた。

「なんとかしやがれ！」

「その口を閉じて、追っ手をさっさと片付けろ」

　ぴしりと言い、シモンは手にした片刃の剣で、兵士たちを打ち据える。日本刀で言う峰打ちだ。しかし、その力がものすごいので、たぶん骨は砕けているだろう。鈍い音がして、そのたびにセナはひっと首をすくめてしまう。

「マスター、大広間はわかるか！」

ジャックが叫んだ。

「ああ。方向だけはわかる」

シモンが答えた。二人は背中合わせになって、間にセナを庇《かば》っている。

「さっき、ここに侵入した時に、衛兵どもが言っていた。今日は……王族や大臣連中が集まって、王位継承の会議があるってな！」

セナははっとする。リシャールが「時間がない」と言っていたのは、本当だったのだ。

「ということは、バスチアン国王の容態があまりよくないということか」

襲いかかってくる衛兵の数が増えている。侵入者の存在を知って、集まってきているのだ。それでも、二人とも息の一つも切らさずに、一撃で兵士たちの戦闘能力を奪っているのはさすがだ。しかも、一人も殺していない。

「今日明日にもいっちまいそうらしい」

よく見ていると、ジャックは剣を使うよりも体術の方が得意らしく、わざと隙を作って、相手を引きつけ、蹴りや手刀の一撃で倒していく。対して、シモンは剣士というだけあって、剣を使っての攻撃が巧みだ。コンパクトなフォームなのに、最大の打撃を相手に与える。とてつもなく、腕の力が強いのだろう。力を剣の一点に集中して、やはり一撃で利き手の戦闘能力を奪う。

「となると、急がないとな」

一度決まった王位継承者を変更することは、ほぼ不可能だ。変更するとしたら、その王位継承者が亡くなった時である。

「まったく……なんつータイミングだ！」

とりあえず、目の前に現れた衛兵を片付けて、ジャックがふうっと息を吐いた。

「マスター、俺はもう自分がどこにいて、どこに向かっているのか、さっぱりわからんぞ」

「右手の回廊を真っ直ぐに行って」

ふいにセナの声が響いた。シモンとジャックがはっとして、背後に庇っていたセナを振り返る。

「セナ？」

「王宮を描いた風景画があります。そこを左に折れると、階段があります」

セナの金色の瞳が異様なほどに輝いていた。いつもほの白い頬がふわりと桜色に上気し

て、まるでビスクドールのように美しい。

「階段を昇りつめたら、歴代の王の肖像が並ぶ回廊があります」

「セナ、おまえ、王宮の中を知っているのか？」

ジャックが軽く眉《まゆ》をひそめた。

「俺だって、大広間の場所なんか、正確には知らんぞ？　衛兵どもだって、自分の持ち場以外はろくに知らんはずだが……」

それほど、この王宮は広大なのだ。高さはそれほどなかったが、とにかく横に広い。

「セナ」

シモンの低い声が響く。

「リシャールさまのお姿が……見えているのですか？」

セナの白い衣装の袖が、まるで風に吹かれたかのようにふわりと揺れた。

「……はい」

そして、セナはしっかりと頷く。

「あの方の姿がはっきりと見えます」

伝説のこの金色の瞳には、愛する人の姿がはっきりと見えていた。

セナの足取りは確かだった。まるで飛ぶように走りながらも、方向を見誤ることなく、狭く薄暗い回廊を迷うことなく抜けていく。

「こんな場所が……あったのか」

いつの間にか、セナが先頭を走っていた。後ろに従う形になったシモンが呻《うめ》くように言う。

「ここは……隠し通路のようだな」

「ぜんっぜん知らねぇぞ、こんなとこ」

明かりもほとんど届かない回廊に踏み込んでも、セナの足は止まらない。むしろ、そのスピードは増している。追いすがる追っ手を蹴散らしながら進むシモンとジャックは、ふわふわと揺れるセナの白い衣装の残像を追いかけている感じだ。

「……っ！」

ふいに、セナの前に衛兵が現れた。先回りをしていたというよりも、偶然居合わせてしまったという感じだ。セナは素早くベルトにつけた短剣を抜くと、衛兵の喉元に突きつけた。ためらいのない素早い動作だ。

「なんか……すげぇな」

一撃で衛兵を殴り倒したジャックがヒュッと口笛を吹いた。

「リシャール王子の聖なる番はめちゃくちゃかっこいいじゃないか」

「無駄口を叩くな」

再び行く手を阻む影。一歩前に出たシモンがセナを守るようにして、剣を振るう。

「右からも出てくるぞ。ジャック！」

「おまかせ」

暗く狭かった回廊が少しずつ広くなり、先が明るく見える。どうやら、隠し通路を抜けて、王宮の心臓部ともいうべきところに近づいてきたらしい。

「何者だっ！」

薄暗い回廊を抜け、高いところにある窓から射し込む光がまぶしい場所に出た。と、三人の前に、ひときわ豪華な刺繍を施したジレを着た大柄な衛兵が現れた。

「うわぉ、ラスボス登場か？」

ジャックが不謹慎な声を上げた。シモンが渋い顔をして、ジャックの前に出る。

「トリスタン殿であるか」

「……シモン殿か」

トリスタンと呼ばれた衛兵は、意外そうにシモンを見ている。冷たいスチールグレイの瞳だ。シモンと同じように総髪にした髪は黒だが、ところどころにメッシュを入れたような白髪が見える。

「ここをどこと心得る。我が王宮の中枢部にあるぞ」

「承知の上」

シモンはくっと唇の片端を引き上げた。

「衛兵長を拝命されるトリスタン殿が詰めていらっしゃるところを見ると、我が友人が探し求める方は、この先にいらっしゃるようだ」

「何……？」

トリスタンの冷たい瞳が、シモンとジャック、そして、彼らに守られるセナを見る。

「僕の名はセナです」

セナはすっと前に出た。止めようとするシモンの腕に手をかけて、軽く首を横に振る。

「リシャールさまに聖なる番と呼ばれています。どうか、リシャールさまに会わせてください」

「聖なる……番……」

セナは、右目にかかっていた黒髪を指先で跳ね上げた。その下に隠れていた金色の瞳が内側から発光するかのように強く輝いている。

「金色の……瞳……っ」

「僕の……大切な方であるリシャール王子に伝えてください。セナが……来ていると」

セナの声は静かだが、ぴんとよく通る。

「まさか……聖なる番は伝説と……」

トリスタンが呆然《ぼうぜん》と、セナの瞳を見つめている。まるで、その瞳に魅了されるかのように、彼は動けない。

「隊長……っ」

彼の後ろに付き従っていた部下たちが声を上げる。

「いったいどうなさったのですか！　侵入者は捕らえなければ……っ」

彼らが十重《とえ》二十重《はたえ》になって守っている重厚な扉。おそらくその中には、王室のメンバーと大臣たちが集い、次期国王に誰を立てるかを話し合っているのだろう。

「手荒な真似はしたくない。そこを通していただきたい」

シモンが低く響く声で言い放った。

「ことは我がフォンテーヌ王国の存亡に関《かか》わる。トリスタン殿も、この国に生まれ育ったのであれば、聖なる番の伝承は幼い頃からお聞き及びであろう」

「……確かに……この方の容姿は……リシャールさまと対になるものではあるが……」

「あのなぁ」

ジャックがひょいと口を挟む。

「俺たちならまだしも、この美人さんがおまえさんたちに囲まれながら、リシャール王子に襲いかかるとでも？　屈強な王宮警備隊が聞いて呆《あき》れるぜ」

「何……っ！」

「よせ、ジャック」

シモンがジャックの肩を摑む。

「トリスタン殿、リシャールさまにお取り次ぎを。聖なる番であるセナの存在なくして、王位継承者を決定することはできないはずだ」

「いや、しかし……っ」

再び、押し問答になろうとした時だった。

「リシャール……っ！」

セナの口から、澄んだ声が溢れた。

「僕の大切なリシャール……っ！　そこにいらっしゃるのですか……っ！」

誰が何を言っているのかわからないようなざわめきの中、セナの声だけが、まるで光を放つ矢のように扉に吸い込まれていく。

純白の衣装。艶やかな黒髪。うっすらと上気した白い肌。そして、凜《りん》と輝く金色の瞳。その圧倒的な存在感に、男たちは気圧《けお》され、一瞬言葉をなくす。

「……っ」

微かな音が聞こえた。カチャリと金属のぶつかり合う音。

「鍵が……っ」

トリスタンが慌てた声を出す。

「話し合いが終わるまで、絶対に開けてはならないと……っ」

ガチャンと鋭い音がして、そして、ゆっくりと大きな扉が開かれる。

「……そこにいるのはセナか」

柔らかでよく通る声。

「そこにいるのは……我が最愛の番であるセナか」

扉の陰から、光が見えた。高いところにある窓から射し込む光に輝くプラチナの髪。セナと対照的な漆黒のブラウスに、豪奢な刺繍を施した黒のジレとキュロットという姿のリシャールがそこに立っていた。

「リシャール……っ！」

懐かしくも愛しい人の姿に、セナの金色の瞳が涙で潤む。セナは両手を交差すると、自分の胸に当て、深く膝《ひざ》を折って、愛しい人の前に跪《ひざまず》く。

「会いたくて……来てしまいました……」

「顔を上げろ、セナ」

リシャールの優しい声がした。そして、そっと両手でセナの頬を包み、小さな白い顔を上げさせる。

「私も会いたかった。よく……来てくれた。私の……大切なセナ」

見つめ合う金と銀の瞳。

「リシャールさま……っ」

トリスタンがはっとしたように声を上げる。

「も、申し訳ございません……っ！　侵入者を……っ」

「構わぬ、トリスタン」

リシャールは落ち着いた口調で言うと、セナに手を貸して、立ち上がらせた。

「下がってよい」

「しかし……っ」

「私が下がってよいと言っている」

威厳に満ちた声と姿。リシャールはセナをそっと抱きしめた。

「セナ、けがをしてはいないか？　少し痩せたのではないか？」

「大丈夫です」

セナは柔らかに微笑む。

「あなたこそ、やつれたのではありませんか？　とてもお疲れのようです」

「おまえに会えたのだから、疲れなど吹き飛ぶ」

リシャールはそう言うと、セナの髪に軽く指を埋《うず》めて、頬を寄せた。

「さぁ、入るがよい。皆に我が最愛の番であるおまえを紹介しよう」

「はい……」

そしてリシャールは、跪いて深く頭を垂れているシモンとジャックを振り向いた。

「おまえたちも来るがよい。よくセナを守り通してくれた」

「もったいないお言葉でございます、リシャールさま」

シモンが答えた。

「セナさまに助けられたのは、私たちの方でございます。セナさまの奇跡の力によって、私たちはここに導かれました」

「奇跡の力……か」

リシャールが微笑んで頷いた。

「セナ自身が奇跡の存在であるからな。それも当然か」

「リシャールっ！」

鋭い声がした。

「何をしている！　大切な王位を継ぐ者を決める話し合いに、くせ者を招き入れるかっ！」

「くせ者ではない」

リシャールが振り向いた。

「失礼した。それでは……話し合いを続けようでないか」


大広間には、びっくりするくらいたくさんの人々が集っていた。王位継承者を決めるための会議である。成人王族と大臣たちがみな集まっているのだろう。

壁には豪華なタペストリーが何枚も掛けられている。花やアラベスクのような模様を組み合わせた色鮮やかなタペストリーが美しい。木で張られた床には、絨毯《じゅうたん》が敷かれているが、あまり厚いものではなく、床の堅さと冷たさが靴越しに伝わってくる。

広間の一番奥は一段高くなっていて、どっしりとした椅子《いす》が二脚置かれていた。玉座というものだろう。しかし、そこに座っているのは一人だけだ。薄紫のドレスをまとった女性である。栗色の髪を結い上げ、毅然《きぜん》とした雰囲気を持っている人だが、その表情には拭《ぬぐ》いきれない疲れが見えている。

〝この方が……王妃さま……〟

館に来た時は、黒のベールを被っていて、よく顔が見えなかった。ジュスタンの生みの母だというが、信じられないくらい若々しく、美しい。

「こちらだ、セナ」

リシャールはセナの手をとり、玉座へと導いていく。

「リシャール……」

周囲のざわめき。人々の好奇の目。以前だったら、押しつぶされそうになっていたに違いないその圧にも、今のセナは動じない。滑るように歩いて、こちらを見つめている王妃の前に跪いた。

「ベルナデットさま、私の……聖なる番であるセナにございます」

胸に手を当て、深く頭を垂れるリシャールの隣で、セナは両手を胸に当てる。

「森の館でお目にかかりました、王妃さま。セナと申します。どうぞ……お見知りおきください」

「セナ……？　顔をお上げなさい」

王妃の声は柔らかで優しかった。セナはそっと顔を上げる。

「さぁ……もっと傍においでなさい。あの時は右目を隠していましたね。私に……伝説の美しい瞳を見せて」

セナはリシャールを振り返った。リシャールが頷いている。セナはすっと立ち上がると、王妃に近づき、再び跪いた。

「母上っ！」

ジュスタンの声が響いた。思わず、セナの肩が震える。彼によってふるわれた暴力の記憶は、身体よりも心に残っているようだ。

「母上、そのようなものをお傍に……っ」

「静まりなさい、ジュスタン」

王妃は威厳を持って息子を制すると、玉座から立ち上がって、セナの頬に軽く指をかけて、その顔を上げさせた。

「本当に……美しいのね。まるで、太陽の輝きのよう」

王妃は、なぜか少し哀しそうに微笑んだ。

「リシャールさまの銀の瞳と対になる金の瞳……本当に……あなたはリシャールさまの

……唯一無二のお相手であるのね……」

「はい」

セナははっきりと答えた。周囲がひときわ大きくざわめく。

「聖なる番とな……」

「あれは伝説ではなかったのか……っ」

「しかし……あの瞳を見ろ。リシャール王子の銀の瞳もあり得ない色であったが、あの者の瞳は……さらにあり得ない金色ではないか……っ」

「だが……いくら美しくても、男ではないか。奇跡の子を宿すことはできないはずだ……」

「何が……何が聖なる番だ……っ！」

大広間に響き渡ったのは、ジュスタンの声だった。彼は、リシャールと対面にあたる場所で仁王立ちになっていた。その顔は真っ赤で、身体の横で握りしめた拳《こぶし》がふるふると震えている。

「その者は……私の兵に……散々弄《もてあそ》ばれた不浄の者だ……っ！　誰でも受け入れる……淫らな身体の持ち主が……奇跡の存在とは聞いて呆れる……っ！」

ジュスタンの叫びに、また大広間が大きくざわめいた。隅に控えていたジャックが立ち上がろうとして、シモンに腕をきつく押さえられている。

「ジュスタン王子」

口を開いたのは、玉座に一番近いところに座っている王族らしい老人だった。立ち位置からして、おそらく現国王にかなり近しい親族だろう。

「その者が、王子の兵に弄ばれたとは……どういうことか」

「申し上げる！　この者は昨夜、我が館に迷い込み、兵たちの慰み者になった。取り囲まれて、何人もの男たちに犯された……っ！」

リシャールがびくりと震えたセナの肩を抱きしめてくれる。

「その上に、この者は私にまで誘いをかけてきた、とんでもない淫売だ……っ！　このような者が国を救う奇跡の存在であるはずがない……っ！」

「ジュスタン……っ」

王妃が震える声で、我が子を諌《いさ》める。

「そのように……そのように下品なことを口にするものではありません……っ」

「母上は、このように汚れた者が王宮に入ることをお認めになるのかっ！　リシャール王子は、淫乱な男娼《だんしょう》に騙されている大馬鹿者だ……っ！　こいつと乳繰り合って、頭がおかしくなっている……っ！」

「ジュスタン」

リシャールは眉間《みけん》に深い皺《しわ》を刻み、厳しい表情をしていた。

「それは我が番であるセナへの侮辱ととらえるが、よろしいか」

「何度でも言ってやる……っ！　こいつが男たちに抱かれて、どんな痴態を演じ、どんな声を上げたか、教えてやろうか。蹂躙されて……どれほど悦《よろこ》んでいたか……っ！」

リシャールは屈辱に震えるセナの肩を固く抱いている。

「ジュスタン」

リシャールの声が凜と響いた。

「おまえが国王の座を望んでいることはわかっている。おまえがベルナデットさまを心から愛し、その名誉を確実なものにするためにも、王位に就きたいと考えていることは十分にわかっているし、それでいいとも考えてきた」

ジュスタンの母であるベルナデット王妃は、リシャールの母であるアレクサンドラ王妃の死後、側室から王妃になった人物である。そうした経緯で王妃になった者は今までにもいたし、おかしなことでも不名誉なことでもない。しかし、プライドの高い武人として育ったジュスタンからすれば、ここでリシャールが王位を継ぐことによって、王室が再びアレクサンドラ王妃の血統に戻ってしまうような感覚を持ってしまったとしても、それは不思議でもなんでもない。

「しかし、おまえが他国に戦争を仕掛けようとしていることや、我が番であるセナを拐かし、害をなそうとしたことは許しがたい」

「我が国に必要なものは、豊かで広大な土地だ。力で領土を広げようとすることが、なぜ許しがたい！」

ジュスタンが鋭い語調で反駁《はんばく》する。その勢いにも、リシャールは冷静に応じる。

「力で奪い取ったものは、力で奪い取られる。そしてまた、力で奪い返す。後に残るのは……不毛な大地と疲弊しきった民たちだ。そこに豊かさはない」

「リシャール！　おまえが国王として即位すれば、民は豊かになれると言うのか！」

「少なくとも、女たちや子供たちが夫や恋人、父を亡くして、哀しく苦しい人生を歩むことはないだろう」

リシャールは静かに答える。

「それに……私にはセナがいる」

運命の恋人の肩を優しく抱いて、リシャールは言った。

「お歴々もご覧の通り、セナと私は伝説の聖なる番だ。この瞳を見れば、一目瞭然《いちもくりょうぜん》であろう」

「しかし、リシャール殿」

　老人がゆっくりと言った。

「その……美しきお方は男性とお見受けした。男であるリシャール殿との間に……子を成すことはできないのでは……」

「長老さまは、聖なる番の伝承を正確にご存じないようです」

　そこに響いたのは、ベルナデット王妃の柔らかな声だった。

「聖なる番に性別は存在いたしません。聖なる番は唯一無二の存在。彼らが出会い、子を成すのは必然であるのです」

「いや、しかし……っ」

「私は神殿の巫女《みこ》であった身。伝承はすべて聞き及んでおります」

　王妃はきっぱりと答えた。

「それに」

　そして、優しい眼差しで、リシャールの隣に佇《たたず》むセナを見つめる。

「その方は……すでに身ごもっておいでです」

「え……っ」

　大広間にいる全員の目がセナに注がれる。セナは無意識のうちに、そっとお腹に手を当てていた。リシャールに強く抱き寄せられて、セナは小さく頷く。

「……王妃さまの仰《おっしゃ》る通りです。僕は……リシャールの子を……この身に宿しています」

「セナ……本当か……っ」

リシャールが嬉しそうな声を上げる。

「本当に……私の子を……」

セナは頷いた。

「数日前から体調が優れなくて……湖の一族の者に話してみたら……」

あの時のエマの反応を思い出す。

エマは、妊娠の初期徴候である悪阻《つわり》の症状を知っていたのだろう。典型的ともいえるセナの体調不良の話を聞き、微妙な表情になったのだ。

セナがリシャールの聖なる番であることを知らなければ、男性である彼が身ごもるとは、想像もできないだろう。

「身ごもった時の……体調変化ではないかと」

セナにはわかる。間違いなく、お腹の中には彼の子供がいる。

「それは本当にリシャール王子の子なのか」

ジュスタンが少し引きつった顔でせせら笑う。

「誰とでも寝る淫売だ。どの男の子なのか、わかったものではないだろう」

「そんな……っ」

この身は、リシャール以外の者を受け入れたことはない。

彼としか、愛し合うことはできない。

それが『聖なる番』なのだ。

「僕は……っ」

「セナ、もうよい」

リシャールは優しく言うと、そっとセナを自分が座っていた席に座らせた。

「大切な身体に障ってはいけない」

そして、リシャールはすっと歩を運び、ジュスタンの前に立った。

「ジュスタン」

リシャールの銀色の瞳が強く輝いていた。まるで風が吹いているかのように、プラチナの長い髪が揺れる。

「セナは私以外の者と番《つが》うことはできない」

「そう信じたいだけであろう！」

「いや、そうではないのだ」

リシャールが微かに笑みを浮かべる。涼しい瞳に場違いとも言えるような艶がにじむ。

「だからこその聖なる番なのだ。セナは番の相手である私以外の者を受け入れることはできない。セナが私以外の者の子を宿すことは……不可能なのだ」

番う相手のみを受け入れる身体。たとえ死んでも、セナの身体はリシャール以外の者を受け入れることはなく、当然のことながら、子を成すこともない。『聖』と『番』という相反するような言葉で呼ばれる絆は、そうした特殊性によるものだった。

「おまえは、セナがおまえの兵に汚されたと言ったが、そのようなことは絶対にあり得ない。セナが身ごもる子は間違いなく、私の子だ。間違いなく、セナは奇跡の子をその身に宿しているのだ」

「ジュスタンさま」

席次的に真ん中あたりにいた男が口を開いた。豪華な装いの王族たちに対して、やや質素な拵《こしら》えは大臣クラスだろう。

「先ほど、聞き捨てならないことを仰ったように思うのだが」

男は少し怖ず怖ずと言った。

「ジュスタンさまは……ご自分の兵が……かよわい者を取り囲んで陵辱する場を……諌めることもなく見ておられたと……そう理解してよろしいのか」

「何……っ」

「セナ殿を……ご自分の兵が陵辱したと……そう仰ったが」

「ごめんなさい……気分が悪いわ」

そう言い、ジュスタンを睨みつけたのは王族の女性だ。

「なんて野蛮なの。信じられないわ」

「あ、俺は別だぞ」

のんきな口を挟んだのは、場を読まないジャックである。

「まぁでも、そういうことはあったな。迷い込んできた旅の者や他国の者をよってたかって強姦《ごうかん》したりはあったし、主殿はそれを黙認していた。まぁ……主殿の兵は良くも悪くも荒っぽいから、下手に意見などしたら、こっちに矛先が向くもんな。主殿はやつらに好き勝手させることで、戦いへのストレスを発散させていたんだよな。それもまた、一つの手段だ」

「おまえは……っ」

ジュスタンがジャックの存在に気づいた。

「おまえは私の兵だろう！　なぜこんなところにいるっ！」

「悪いな、主殿」

ジャックはにやりと笑う。

「俺は主殿だけの兵ではない。俺はフォンテーヌ王国に仕える者だ。つまり、リシャール王子にも仕える身なんでね」

「王妃さま」

王族の女性たちが、王妃の前に並んだ。

「私たちは失礼させていただきたく思います。たとえ旅の者であろうとも、かよわき者を捕らえ、大勢で陵辱するようなならず者を兵としている方とは、同席いたしたくございません」

「護衛として、そのならず者をお連れになっているのでございましょう？　恐ろしいわ」

「よろしいでしょう」

「母上っ！」

今さら、セナを陵辱したことが嘘《うそ》とは言えない。確かに、兵たちはセナに乱暴するつもりでいたし、ジュスタンはそれを認めていた。いやそれどころか、自分もセナを強姦するつもりだったのだ。

「ジュスタン」

王妃は哀しげに息子を見つめる。

「あなたにそんな情けない心を持たせてしまったのは、私の責任です。私が……あなたにきちんと向き合ってこなかったから……こんなことに」

「私は……俺は……母上のために……っ」

王になりたかった。清純な巫女であった母が国王に見初められ、泣く泣く神殿を後にしたことは、乳母から聞いていた。それでも、王妃になれるなら王室に入った意味もあっただろうが、母が置かれた立場は何人もいる側室の一人だった。

「母上を……国母にして差し上げたかっただけ……」

アレクサンドラ王妃がリシャール王子を残して、若くして亡くなり、側室の中で、唯一男の子を産んでいたベルナデットが王妃として迎えられた。リシャール王子とジュスタンは同年に誕生しており、どちらが次の国王として即位してもおかしくなかった。その時から、ジュスタンは日陰の身にあった母のために、いつか国王となることを心に誓ったのだ。

「そのようなことは望みません」

王妃はきっぱりと言う。その潔さに、神殿の巫女としての誇りを見る。

「この国の王にふさわしいのは、伝説をその身にまとって生まれ、その運命を静かに受け入れたリシャールさまでしょう。いつ現れるやもしれぬ番を待ち続けた誠実さと忍耐力は、国を統べるに必要なものと存じます」

「母上……っ」

ジュスタンの悲鳴に近い声が響いた。そして、彼は目の前に静かに佇む異母兄弟を睨みつけた。

「おまえが……おまえがいなければ……おまえさえいなければ……っ」

すらりと腰の剣を抜く。鞘ごと抜き取り、その鞘を床に捨てた。

「リシャールさま……っ！」

「騒ぐな、シモン」

控えていたシモンとジャックが立ち上がろうとするのを、リシャールは押しとどめる。

「助けはいらぬ。王妃さまとセナを頼む」

「承知」

ジャックはすでに滑るようにドアに向かっていた。素早く鍵を外すと、女性たちから外に出している。シモンは玉座に向かい、王妃を背中に庇った。

「僕のことは心配しないで」

セナがしっかりとした口調で言った。

「王妃さまを……守ってください」

〝僕のことは……きっとこのお腹の子が守ってくれる〟

自分が妊娠しているという事実は、思ったよりもすんなりと受け入れられた。リシャールと愛し合った時から……彼をこの身に受け入れてから、いつかこんな日が来るような気がしていた。

「そんな化け物と……男の身で子を宿す化け物とまぐわう者に、この国を任せられるか……っ」

「私をくさすのは構わぬ」

リシャールもゆっくりと腰のものに手をかけた。ジュスタンのものよりも細身のレイピアだ。

「しかし、我が国の美しき伝承と愛する者を侮辱することは許さぬ。覚悟召されよ」

セナはリシャールの剣技のレベルを知らない。しかし、シモンに教えを受けているなら、弱いとも思えないし、彼は弓の達人である。武術には優れているはずだ。

すっと剣を構えた姿はさまになっていて美しい。しかし、相手は乱暴者たちを束ねる力を持つ武人だ。

〝リシャール……っ！〟

先に踏み出したのは、ジュスタンだった。一歩大きく踏み出して、リシャールの右肩に向かって、重量のありそうな剣を思い切り振り下ろした。リシャールはそんなジュスタン

の動きを見切っていたらしく、軽くバックステップを踏んで、攻撃を避ける。そして、レイピアでジュスタンの利き腕である右の上腕を狙《ねら》う。

「そんなアクセサリーのような剣で……俺が倒せると思っているのか……っ」

ジュスタンが素早くレイピアを払う。リシャールはふわりと右に飛んで、身体のバランスを取った。

「力だけが強さではない」

息一つ乱さずに、リシャールは言う。

「おまえにはわからぬだろうが」

「力は……すべてだ……っ」

ジュスタンが叫ぶ。

「力がなければ、何もできないも同様だっ！」

剣を横に払う。リーチの長いジュスタンの剣が、リシャールの髪をわずかにかすめ、ぱっと光が散るようにプラチナの髪が切れて、舞い上がる。しかし、リシャールはたじろぐこともなく、逆に一歩踏み出した。姿勢を低くして、ジュスタンの胴を狙う。

「……っ！」

わずかにジレが切れたらしく、豪奢な金糸の刺繍がぱらぱらと絨毯の上に落ちる。

「ジュスタン……っ！　どうか、やめて……っ」

王妃が涙を浮かべて、いきり立つ息子をなだめようとする。

「王宮に、バスチアンさまからいただいた血を流すつもりですか……っ」

兄弟は、どちらもバスチアン国王の血を引いている。

「リシャールさまも……っ！　息子をお許しくださいませ……っ！」

「ベルナデットさま……っ！」

王妃がシモンの陰から走り出た。戦いを続ける二人の王子の間に割って入ろうとする。

「ベルナデットさま、危のうございます……っ！」

シモンが叫ぶ。はっとしたのは、リシャールの方だった。周囲に注意を払いながら、ジュスタンとの間合いを計っていたリシャールは、飛び込んできた王妃を避けようとしたが、ジュスタンは視界が狭くなっていたのか、王妃に向かって剣を振り上げる形になった。リシャールは王妃を庇うようにして、ジュスタンの剣の下に身体を滑り込ませる。

「リシャールっ！」

セナが叫んだ。

ジュスタンの剣をレイピアで受けたリシャールは、思わずレイピアを取り落としていた。剣の重量と勢いの違いだ。

「死ね……っ！」

王妃を突き飛ばして、ジュスタンの剣の範囲から逃がし、リシャールは覚悟を決めたようにジュスタンを強い瞳で見上げる。その時だった。

「リシャール……っ！」

細い腕にレイピアが拾い上げられた。白い風が走り、振り上げられたジュスタンの剣を柄の部分で受け止めた。

「……セナ……っ」

リシャールを庇うように二人の間に入り、ジュスタンの剣を見事に受け止めたのは、セナの細腕だった。

「……やめてください」

セナはぴしりと細く通る声で言った。

「このままでは、あなたの愛するお母さまを傷つけてしまいます。もう、やめてください」

「この……っ」

まだいきり立つジュスタンの喉元に、すっと短剣が突きつけられる。セナに助けられたリシャールが素早く立ち上がり、セナのベルトに刺してあった短剣を抜いて、ジュスタンの喉元に突きつけたのだ。

「おまえの負けだ、ジュスタン。ここを……去れ」

「いや、まだ……っ」

「フォンテーヌ王国伝承、聖なる番の名の下に命じる。奇跡の子を宿す我が番の瞳と手を血で汚すわけにはいかぬ。命までは奪わぬ。ここから去れ」

「ジュスタン」

王妃の哀しげな声が響く。王妃はゆっくりと立ち上がると、すっと手を上げ、頭に乗せていた宝冠を外した。

「母上……っ」

きらびやかな宝石で飾られた王妃の宝冠を外し、王妃は長い髪をゆっくりと下ろした。

「リシャールさま」

王妃はリシャールの前に跪いた。宝冠を捧げ持って、リシャールに差し出す。

「温情を感謝いたします」

「母上……」

「我が子に、二度とこのような間違いは犯させませぬ。今日まで、心を込めてバスチアンさまに、民のために尽くして参りましたベルナデットに免じて、どうぞ、息子の暴挙をお許しくださいませ」

「ベルナデットさま」

リシャールは、なぜか少しほっとした表情の王妃をそっと立ち上がらせた。

「今日まで、この国に尽くしていただいたことを心より感謝申し上げます。巫女として神に仕えていたあなたさまを、神殿より連れ出した父の暴挙をお許しくださったその寛大なお心、皆に伝わっております」

「ありがとうございます」

王妃は、リシャールの隣にひっそりと立つセナの頬に軽く指を触れると髪を撫で、そして、額に軽くキスをしてくれた。

「セナさま、あなたと……あなたの身に宿るお子さまに祝福を」

「……王妃さま」

セナはすっと身を屈《かが》めると、王妃の引く長いドレスの裾《すそ》をそっと両手に取って口づけた。

それは誰に教えられたわけでもなく、ごく自然に出た動作だった。巫女であった王妃の気高い美しさに触れることは、あまりに恐れ多くて、どうしてもできなかった。だから、その裳裾《もすそ》に最大の敬意を捧げる。

「王妃さまの日々が……穏やかでありますように」

「ありがとうございます、セナさま」

王妃は、床に座り込んでうなだれる息子を立ち上がらせた。

「参りますよ、ジュスタン」

「母上、俺は……」

「よいのです。あなたが母を思ってくれたことはわかっています。ただ、その方法が間違っていただけです。これからは……静かに暮らしましょう。あなたが生まれてから、二人きりで時間を過ごしたことは、あまりありませんでしたね。寂しかったでしょう」

王妃は大柄な息子に寄り添う。

「さぁ、あなたの館に連れていってください。あなたと二人で過ごす時間を、母はずっと待っていたのですよ」

「……お母さま……」

涙混じりのジュスタンの声は、どこか幼さを秘めていた。

「……お母さま……っ」

「参りましょう」

大広間に集っていた王族、大臣たち……そして、ドアの外の衛兵たちが道を開ける中、親子は寄り添いあいながら、長い時間を過ごした王宮を去っていったのだった。

ＡＣＴ８

久しぶりに訪れた王宮の庭は、やはりマグノリアの白い花が咲いていた。高く低く枝を差し交わすマグノリアは、この世界ではやはり一年中咲いているものらしく、今日も美しい花を咲かせている。

「この王宮の庭のマグノリアが……一番美しいと思います」

枝に手を伸ばし、そっと白い花びらに触れて、セナは微笑んだ。

「この国のどこに行っても、マグノリアは咲いているのに」

「私は、この花の中で生まれたおまえが一番美しいと思うぞ」

セナをそっと後ろから抱いて、リシャールがささやく。

「おまえは不思議だな。いったい、どこから来たのだ？」

リシャールはすでに、セナがこの世界で生まれた者ではないことを悟っているようだった。小さくため息をつき、自分のお腹の前で組み合わされたリシャールの手を見て、セナは声を上げそうになってしまう。

「リシャール！　あなた、けがを……っ」

リシャールの白い手には、痛々しい傷があった。ジュスタンの剣に当たった時のものだろう。すでに出血は止まっているが、五センチほどの切り傷が二つ、口を開けていた。慌てて振り返ると、首筋にも浅い切り傷がある。髪を切られた時のものだろう。

「大したことはない。血も止まっている」

リシャールはこともなげに言うが、セナは首を横に振る。

「ばい菌が入ったらどうします。手当てをいたします。中へ」

「せっかく、おまえと二人でマグノリアの花を眺めているのに……無粋なことを言うな」

「花はいつでも眺められます」

セナはリシャールの腕を引っ張るようにして、室内に戻った。リシャールをベッドに座らせると、水差しを持ってきて、丁寧に傷を洗う。

「少ししみるな……」

顔をしかめるリシャールに、セナは少し怒ったように言った。

「この程度ですんで、幸運だったと思ってください。まったく……なんて無茶を」

清潔な布で丁寧に拭《ふ》き、傷の状態を見てから、くるくると器用に包帯を巻いていく。首の傷の方は本当にかすり傷だったので、乾いた血を濡《ぬ》らした布で拭き取って、よしとした。

「おまえほどではない」

リシャールは笑うだけだ。

「いくら、シモンとジャックがついていたにしても、王宮の警備は厳しいのだぞ？　私が迎えに行くまで、待っていればいいものを」

「僕は籠の鳥にはなりたくありません」

セナははっきりとした口調で言った。

「あなたにすべてを整えてもらって、その籠に入るような真似はしたくありません。僕は……僕の力で、いろいろなものを選び取って、引き寄せたいと思っているんです」

「セナは」

リシャールが愛おしそうに、自分の足元に跪くセナの髪を撫でる。

「とても強いのだな」

「……」

この世界に来たから、自分は強くなれた。この世界であなたに会えたから、僕は強くなれた。

「リシャール」

セナはリシャールの隣に座った。リシャールが優しく抱き寄せて、まだ膨らみのないお腹に手を当ててくれる。

「ここに……私の子がいるのだな」

「……ええ」

幾度も深く愛し合い、たっぷりと蜜《みつ》を注がれて、この身体は花開いた。

「あなたの子です。大切に育てます」

セナはリシャールの手に手を重ねる。

「……僕は、あなたのためにこの世界に生まれました」

セナはゆっくりと言った。

「今となっては、僕がここに来る前にいた世界が僕の居るべき場所なのか、それとも、新たに生まれたここが本来の居場所なのか、わからなくなっています」

「セナがいた世界は、どんな世界なのだ？」

リシャールが穏やかな口調で言った。

「美しい世界なのか？」

「そうですね……」

セナは少し考える。

「とても……便利で忙しい世界でした。馬の何倍も速く走る乗り物や、なんでも売っている大きな店や……いつも涼しく、いつもあたたかい部屋や、そんなものがありました。でも、季節の移ろいを感じたり……花の香りを感じたりすることは、とても少なかったように思います。少なくとも、僕はそうでした」

　この世界に来た時は、自分の名前すらおぼつかなかったセナだったが、今はすべてを懐かしく思い出すことができる。

「僕は、あなたにしたように人のけがを手当てするのが生業でした。もっと進んだ形で……人を眠らせて、身体を切り開き、悪いところを切り取って縫い合わせる……そんなこともしていました」

「身体を切り開く？　そんなことをして、死んでしまわないのか？」

　素直に驚いた表情をするリシャールが少し可愛いと思った。

「いいえ。痛みで死んでしまわないように眠らせるのです。薬も……薬草ばかりでなく、いろいろと作ることができます」

「セナは……もしかしたら、もっともっと先の世界から……来たのか？」

「わかりませんが……」

　首を横に振る。

「この世界と僕のいた世界が繋がっているとは思えません。たぶん……世界の軸がまったく違うのだと思います。言葉や……その他のことも、少し違う気がしますし」

たぶん、自分は未来から来たのではなく、まったく違う世界線に飛ばされたのだと思う。少なくとも、身体構造は変わっていないはずなのに、男性が妊娠してしまうような世界は……知らない。

「しかし、それほどに便利な世界なら……戻りたいと思ったことはないのか？」

リシャールが少し不安げに言う。

「速い乗り物や……寒さや暑さを感じない部屋や……大きなけがをしても死なない世界に……戻りたいと思ったことはないのか？」

リシャールの問いに、セナは首を横に振った。

「いいえ」

確かに戸惑いは大きかった。なかなかこの世界に順応できず、もどかしい思いをしたこともあった。しかし。

「ここには……あなたがいます」

会った瞬間から惹《ひ》かれ合い、愛し合ってしまったあなたがいる。

「あなたのいない世界に……僕は戻りたいとは思いません」

この世界は美しい。白くかぐわしい花が咲き乱れ、深い森には涼しい風が吹く。透き通る水を湛《たた》える湖はひんやりと冷たく、どこまでも底を見通せるほどだ。

「僕は……あなたのために、この世界に生まれてきたのですから」

リシャールの腕がセナを抱きしめる。

「ああ、そうだ……おまえは……私のために生まれてきたのだ」

遠く時空を越えて出会った二つの魂。聖なる番と呼ばれる絶対の絆で結ばれた二人は、もう永久に離れることはない。

「セナ」

リシャールの唇がセナの艶やかな黒髪に埋められた。

「身体に障ることはしない……無理はさせぬから……おまえを愛したい」

耳たぶを桜色に染めて、セナはこくりと頷く。

身体の繋がりだけが愛とはもちろん思わないが、やはりこうして求められることは嬉しい。

「僕も……あなたに可愛がっていただきたいです……」

独り寝の日々は寂しかった。彼と愛し合った夜はたった二夜だけなのに、その記憶は心にも身体にもしっかりと刻みつけられていて、思い出すだけで、愛する人のいない夜がより寂しくなってしまう。

「……愛している」

真摯《しんし》な愛の言葉をささやいて、リシャールはセナをそっとベッドに横たわらせる。

「やはり、セナには白が似合うな……」

美しい刺繍で飾ったジレとブラウスのボタンを外しながら、リシャールが微笑んだ。

「セナを王宮に招く時には、白を着てほしいと思っていた。セナには……この清らかな色が何よりも似合う」

「花嫁衣装だと……ジャックにからかわれました」

ぽつりとつぶやくと、彼がさらに笑う。

「そう……確かにそれもあったかもしれぬな。セナは……私の大切な花嫁だ」

白い衣装をすべて脱がせられて、生まれたままの姿を彼の柔らかな視線の下にさらす。

「ああ……やはり、おまえは美しいな……」

すべすべとした柔らかい肌。しなやかな身体。子を宿したせいなのか、少しだけ丸みを帯びた腰のラインが、愛しい人を誘う。

「おまえは抱くたびに……いっそう美しくなるようだ」

「それは……あなたに愛していただいているからです」

愛されることが、これほどに幸せなことだとは知らなかった。

前の世界で、自分は婚約者に裏切られたと思っていた。しかし、こうして、自分がいっぱいの愛情に包まれて、初めてわかった。彼女の寂しさを。忙しさにかまけて、愛を伝えることを面倒がってしまった自分の情けなさを。

〝僕は……リシャールのように……溢れるような愛で彼女を包むことができなかった〟

それだけが、たった一つの心残りかもしれない。

〝ごめん……〟

「どうした？」

少しだけ上の空になったセナに、彼が不思議そうな視線を向けてくる。深いブルーと銀色のオッドアイ。二人が互いを見つけるための大切な目印。

「……いいえ」

セナは微笑んだ。両手を伸ばして、彼の背中を抱きしめる。胸が合って、その肌のあたたかさに、思わずため息がこぼれる。

「……ああ……」

「セナ、おまえはあたたかいな……」

同じことを考えていたらしい。

「おまえのいない夜を……どう過ごしていたのか、私にはもう思い出せない」

ベッドの上にも香るマグノリア。甘い香りに包まれながら、二人は唇を重ねる。

「……ん……」

触れるだけ……そう思って重ねた唇も、触れるところからもっとほしくなって、気がつくと深く深く重ねて、舌を絡ませ合っていた。幾度も角度を変えて、洩《も》れる吐息も微かな声も、すべてを貪《むさぼ》り、飲み込む。

「甘い……」

セナはささやく。

「あなたのキスは……とても甘い」

さらさらと揺れるプラチナの髪。愛しくてたまらない。あなたのすべてが愛しくて。

「おまえも……とても甘い」

彼の唇が、セナの滑らかな首筋からまろやかな肩、そして、柔らかな胸へと滑る。

「ここは……特に」

「あ……ん……っ」

白い胸にふっくらと膨らんだ鴇色《ときいろ》の乳首が震えている。まだ柔らかい乳首に彼の唇が触れた。

「あ……っ！」

熱い舌先で、感じやすい先端を幾度も幾度も舐《な》められて、思わず腰が浮いてしまう。

「ああ……ん……っ！」

泣きそうなくらいに感じてしまう。

「そこ……だめ……だ……め……っ」

コリコリに固くなってしまった乳頭を軽く噛まれ、きゅっときつく吸われて、恥ずかしい声を上げてしまう。

「いや……だめ……っ」

「可愛がってほしいのだろう？」

少しだけ意地悪に彼が言う。

「たっぷりと……可愛がってやろう」

「ああ……ん……っ！」

彼の髪を抱きしめて、思い切り仰《の》け反《ぞ》ってしまう。

「あん……あん……ああ……ん……っ」

彼に愛されて、声を上げることも嬉しい。こんなに声を上げてしまっていいのかと思いながらも、自分の上げる高くうわずった声に煽《あお》られて、さらに身体が敏感になる。

「おまえに……無理をさせたくないのだが」

彼が微かに笑う。

「どうして……おまえはこんなに可愛いのだろうな。切なげに啼《な》くおまえの声を聞くと……もっと啼かせたくなってしまう」

「あ……そこ……」

彼のしなやかで長い指が、セナの柔らかい草叢《くさむら》の中に埋められた。慎《つつ》ましく閉じた蕾の縁を軽くなぞられると、ひくりと腰が浮く。膝を立てて、両脚を大きく開いてしまう。

「……花びらを開いても……いいか」

彼の指が撫《な》でているところは、すでに潤い始めている。子を宿す性のもの独特の反応だ。

「無理なら……」

「優しく……してください……」

セナは耳たぶまで薄紅色に染まっていた。

「今までより……少しだけ……優しくしてください……」

すでにこの身には、小さな命が宿っている。しかし、同じこの身は、愛する人の熱も求めている。

陵辱されようとした時には、あれほど固く締まってしまった身体が、今は柔らかに潤い、愛する人を受け入れようとしている。聖なる番の不思議だ。

「優しくしていただければ……大丈夫です……から」

彼との営みは、熱く激しいものだった。気を失いそうになるくらいの激しい行為に、彼の愛を感じていた。

しかし、今はもっとゆっくりと……愛し合いたい。ゆっくりと深く……あなたを愛したい。

「……つらかったら、私を突き飛ばしても、蹴り飛ばしてもよいからな」

「リシャール……っ」

そんなこと、できるはずがない。涙の溜《た》まった潤んだ瞳で睨むと、彼はくすくすと笑っている。

「おまえは……本当に可愛い」

「あ……っ！」

気がつくと、セナは彼の上にのせられていた。脚を大きく開き、ちょうど彼の上に跨《また》がるような形だ。

「こんな……の……っ」

恥ずかしさのあまり、泣きそうだ。この体位だと、セナの方が動かなければならない。

「こんなの……できない……」

「おまえの身体に負担をかけたくない」

彼が甘くささやく。

「無理はしなくていい。おまえが……したいように」

確かに、この形だと、セナの方でコントロールはできるのだが……。

〝こんなの……恥ずかしい……〟

「あん……っ」

彼の長い指が、濡れそぼった蕾の花びらをくすぐっている。

「あ……ん……っ！」

泣きそうなくらいに身体が高まっている。身ごもっているのに、こんなに興奮してもいいのだろうか。恥ずかしくて仕方がないけれど、身体はほしくて……。

大きく脚を開いて、自分から彼を求めていく。今まで、こんなことはしたことがないけれど、自分の身体の淫らさが怖い反面、自分の姿に興奮してもいる。

「ああ……ん……っ！」

彼の指が花びらを開いた。と、熱く高まった彼がぐうっと、その花びらの中に入ってくる。

「ああ……っ！」

顔が上向く。艶やかな黒髪が乱れ、揺れる。

「あん……っ！　あん……っ！　あ……待って……待って……っ！　ああ……ん……っ！」

「ああ……セナ……」

「あ……そんな……っ」

身体がふらりと不安定になり、思わず両手を後ろについてしまう。

「ああ……っ！」

彼の熱く高まった楔《くさび》が深々と花びらに打ち込まれて、その一点だけで結びつくような形になった。

「リシャ……ール……っ！　あ……すご……い……」

淫らに腰が揺れる。ベッドが硬いせいなのか、彼の強さがストレートに身体に響いてくる。

「……すご……い……っ！　ああ……ん……っ！」

こんなに激しく動いてはいけないと思うのに、やはり、身体は応《こた》えてしまう。情熱的に愛してくれる彼に応えて、しなやかに腰を振り、身体の奥で彼を愛する。

「はぁ……はぁ……っ！　ああ……っ！」

「セナ……そんなに……いいの……か……」

「い、いい……すごく……いい……の……」

マグノリアの香りに包まれて、二人はどこまでも甘く、そして情熱的に愛し合う。

「あ……あ……あ……っ！」

もう限界が近い。もっともっとゆっくりと深く、彼を愛したいのに。彼を……味わいたいのに。

「だ……め……っ」

泉は溢れてしまいそうだ。もう……我慢できない。

「ああ……だめぇ……っ！」

「セナ……っ」

深々と貫いて、彼がさらに突き上げてくる。幾度も幾度も……一番奥まで。

「……っ！」

たっぷりと身体の奥に、甘く熱い蜜が注がれる。

ずっとずっと……あなたが……おまえがほしかった。

マグノリアの木の下で、二人は薄紫の空を見上げていた。

「この空の色……」

セナはふわっと吹き抜けた風に髪を揺らしながら、つぶやいた。

「とても……不思議です」

「そうなのか？」

セナの肩をストールで包み、優しく抱き寄せて、リシャールが言った。

「私たちにとって、空の色といえば、この色なのだが」

「僕のいた世界では、空は……あなたの瞳に近い色です」

リシャールの瞳は、濃いブルーだ。セナのいた世界の真夏の空の色。

「そうか……」

リシャールが微笑む。

「おまえのいた世界も……少しだけ覗いてみたいな」

「とても、忙しい世界です。必死に立っていないと、流されていってしまうような……そんな世界です」

「それでも、おまえを……優しくてしなやかなおまえを育んでくれた世界だ」

リシャールの唇が、セナのこめかみに触れる。

「おまえが生きてきた時間を否定するな」

「僕の……生きてきた時間……」

「これは私の持論のようなものなのだが」

リシャールは手を伸ばして、低いところに咲いていたマグノリアの花を摘《つ》み取ると、そっとセナの耳元に飾ってくれた。甘い香りが二人の横顔を包む。

「人は生まれながらにして持っているものも確かにあるのだが、その人を作り上げるのは、持って生まれたものの他に、過ごしてきた時間ではないかと思っている」

「過ごしてきた時間……」

「これはいいことばかりではない。暗く淀《よど》んだ時間を多く過ごしてしまうと、いかに輝かしい性質を持っていても、そこに淀んだものが堆積《たいせき》していって、輝きが失われてしまう。しかし、逆によい時間を積み重ねていけば、光り輝いていくものもあるだろう。私は、人の生きていく力というものを信じたいと思っている」

セナはふと、王宮から去っていった親子の後ろ姿を思い出していた。

「リシャール」

「どうした？　セナ」

「王妃さまと……ジュスタン王子は、よい時間を過ごしていけるでしょうか」

事の後始末は、ジャックが担ってくれたのだという。親子をジュスタンの館に送り届け、最小限の護衛だけを残して、兵を引き上げた。兵たちと馴れ合ってはいなかったが、長い間共に過ごしてきたジャックの説得に、兵たちは耳を傾け、大きなトラブルもなく、無事王宮の中にある兵舎に引き上げたと、報告が届いていた。

「意外かもしれぬが、私はジュスタンが嫌いではない」

リシャールが柔らかく微笑みながら言った。

「あれとは、一緒に育った時期もあるのだ。私は、一歳にならぬうちに母を亡くしているのでな。幼い頃には、ベルナデット妃に可愛がっていただいたこともあった。ジュスタンとも、そうだな……十歳くらいまでは、一緒に遊んだりしたこともあった」

「そうなのですか……」

「その頃から、父上が少しずつ体調を崩されるようになって、次期国王を誰が継ぐかという話が出るようになった。我が国は国王が空位とならぬように、生前退位が基本だ。早い方は、お隠れになる二十年以上前に退位してしまわれることもあったようだ」

フォンテーヌ王国は小さな国だ。国王がいなくなり、一瞬でも体制が不安定になると、他国から侵略を受けることもあったのだろう。

「父上に健康不安がささやかれるようになった頃から、ジュスタンと顔を合わせることが少なくなった。ベルナデット妃はああいう方であるから、私とジュスタンを競わせる気などなかったと思うが、周囲はな……。私は生まれながらにして、この外見だ。父も一時は本気で聖なる番の相手を探したのだが、それが見つからず、その上、母が亡くなってからは、私から心は離れたようだった。もともと、母は隣国から嫁いできた政略結婚であったし、ベルナデット妃は、父が見初めて、一度入ったら死ぬまでそこで仕えるとされた神殿から、禁を犯してまで引き出した方だ。いろいろと……複雑なことになってしまった」

「……そうだったのですか……」

セナは静かに頷く。このおとぎ話のように美しい国にも、いろいろと事情はあったのだ。

「ジュスタンは王宮を嫌った。やはり、王妃になったとはいえ、ベルナデット妃を側室上がりと言う口さがない連中もいたからな。そういう陰湿なところが嫌だったのだろう。十年ほど前に、父にねだって、王宮から離れた山の麓《ふもと》に、大きな館を作ってもらい、移り住んだ。その頃から……荒くれた兵たちを好んで傍に置くようになった」

「ジュスタン王子は……力がほしかったのでしょうね」

セナはゆっくりと言った。

「あの方には力しか頼るものがなかった。あなたのように、伝説を身にまとっているわけでもなく、立場的にも不安定なものがある。自分が何も持っていないと自覚するのは、とても怖いことです」

「セナも……そうだったのか？」

リシャールに尋ねられて、セナは少し考えてから、そうですねと頷いた。

「僕は何も持っていませんでした。この世界に来てからも、何も持っていなかった。確かに、聖なる番という立場ではありましたが、僕自身はこの瞳の他には、何も持っていなかったんです。僕に生きる価値を与えてくれたのは、リシャール……あなたです」

空は薄紫から、やがて黄昏の蜂蜜《はちみつ》の色に変わり始めている。

「あなたは、僕にあなたのために生きるという役目を与えてくださいました。あなたを愛し、あなたを支え、そして、あなたの子をこの身に宿す。あなたに出会って、初めて、僕は生きていてもいいのだと思えたんです」

誰からも必要とされていない。どこに行っても、ここは自分の居場所ではないと感じてしまう。それはとても生きづらく、つらい。

「……ジュスタン王子と王妃さまも……僕のように、穏やかに時間を過ごせたらいいのにと……思います」

「セナは優しいな」

リシャールは微笑むと、セナの肩を抱き寄せて、その頬に軽くキスをした。

「日が落ちる。身体が冷えぬうちに、中に入ろう」

「はい」

セナは愛しい人に抱かれて、美しい庭を後にする。

そこにはいつまでも甘い香りが漂い続けていた。

ACT9

「本当に……よいのか？」

何度目か忘れるくらい同じセリフをリシャールは繰り返していた。

「いいと言っております」

セナも同じ答えを返すだけだ。

「リシャール」

セナはいたずらっぽく微笑む。

「あなたに耳はないのですか？　それとも、僕の声だけが届かないのですか？」

「……そういう意地悪を言うものではない」

少し拗《す》ねてしまった愛しい人の頰に軽くキスをして、セナは部屋の隅に置いてある小さなベッドに近づいた。

「意地悪なんか言っておりませんよ。そうだよね？　フレデリック？」

小さなベッドには、可愛らしい赤ちゃんが眠っていた。丸々とした手足とぷくぷくとした頬が、いかにも健康そうだ。

　セナが初めての子を無事出産したのは、二カ月ほど前の明け方だった。人の骨格を十分に理解している元医師のセナは、自分が自然分娩《ぶんべん》できるとは思っていなかったのだが、出産が近づくにつれて、自分の身体が変わるのを感じた。明らかに腰が丸みを帯びて、骨盤の形が変化したのだ。さほど難産でもなく、無事男の子を産むことができた。二カ月経った今では、体型も元に戻り、育児に勤《いそ》しんでいる。

　セナの呼びかけが聞こえたのか、フレデリックと名付けられた赤ちゃんは目を覚ました。その瞳は、父であるリシャールと同じブルーと銀のオッドアイだ。

「おはよう。お目覚めはいかがかな？」

　セナはフレデリックを抱き上げて、頬を寄せる。

　こんなにも、我が子は愛しいものかと思う。小さな小さな手できゅっと指を握られたりすると、たまらなく可愛いと思う。

「今日はお父さまの大切な日だからね。いい子にしていてね」

「私だけではない」

　リシャールが言った。セナが腕に抱いているフレデリックを覗き込んで、にこりと微笑む。リシャールも我が子をとても可愛がっている。フレデリックの姿が見えない執務室に行くのを嫌がって、ついにこの部屋に机を持ち込んでしまったくらいだ。

「セナにも大切な日だ」

今日は、リシャールが国王として、戴冠式《たいかんしき》を迎える。すでに、実質的に国王としての執務は行っているのだが、対外的にもリシャールが即位したことを知らせる戴冠式が今日なのである。

「僕はあなたを支えるだけです」

セナは王妃としての戴冠を辞退していた。宝冠はベルナデット前王妃から返却されており、当然、リシャールはセナにも戴冠させるつもりだったのだが、セナはそれを断った。

「王妃としての戴冠は、自分が正室だという宣言のようなものでしょう？」

セナはそう言った。

「あなたは側室をお迎えになるおつもりですか？」

セナの問いに、リシャールは大きく首を横に振って否定した。

「私が愛するのはおまえだけだ。おまえ以外の者を愛したりはしない」

「それなら、戴冠など必要ありません」

国王に寄り添うのが、セナ一人であるのなら、今さらそれを喧伝《けんでん》する必要もない。

「わがままを言っている自覚はありますが、僕は……できるだけ、静かに暮らしていきた

いのです」

哀しみを抱えて生きてきたベルナデット前王妃が、セナは忘れられない。戴冠式には、前王妃とジュスタン王子も招いたのだが、二人からは美しい花束とともに、戴冠式には列席しない旨の手紙が届いた。たまに様子を見に行っているらしいジャックによると、ジュスタンの館で、二人は静かに暮らしているという。ジュスタンは憑《つ》き物が落ちたかのように落ち着き、荒れ放題になっていた館の庭をきれいにして、前王妃とともに、野菜や花を育てたりしているらしい。

セナを陥れたニコラは、しばらくの間、エマの家に預けられていたが、ジャックが森の館で暮らし始めたのを機に戻ってきた。どうしてもセナに謝りたいと言っているというので、一度だけ王宮に招いた。シモンとジャックに連れられてきたニコラは、ぽろぽろと泣きながら、セナに抱きついてきた。シモンに厳しく叱られ、空気を読まないジャックからセナがジュスタンの館でどんな目に遭ったのか、かなり正確に教えられて、自分がどんなに恐ろしいことをしでかしたのか、骨の髄まで理解してしまったらしい。ニコラのためにも、セナはあまり顔を見せない方がいいと判断して、手紙のやりとりはしているものの、それ以来会っていない。

シモンは相変わらず、剣技の指南のために、定期的に王宮に来ては、フレデリックに会うのを楽しみにしている。セナが妊娠中も何くれとなく面倒を見てくれたシモンを、口の悪いジャックは「じじいが本物のじじいになったな」と言っている。

そのジャックは、あっさりと王宮に仕えることをやめてしまい、森の館で暮らしている。シモン曰《いわ》く「ふらふらしているだけだ」とのことだが、森の館での診療を手伝ったり、ニコラの相手をしたり、時にはジュスタン王子とベルナデット前王妃を訪ねたりと、あちこちに顔を出して、忙しくしているらしい。何せ、頭の回転と口の回りがとんでもない男だ。王宮にもふらっと遊びに来ては、フレデリックの子守をしてくれたり、庭の手入れをしたりしている。妙な男ではあるが、セナにとってはいい話し相手であり、友人である。

「セナ」

戴冠式を迎えるリシャールは、素晴らしい衣装を着ていた。豪華な刺繍やビーズ、パールをたくさん縫いつけたフラックとジレ、キュロットは、リシャールが好む黒だ。黒いフラックにリシャールのプラチナの髪がふわりとかかると、まるで夢のように美しい。戴冠式の時には、その上に毛皮の縁のついた長いマントを羽織る。

その王の配偶者……王配と呼ばれる立場となったセナは、白いシルクに白の刺繍を施したチュニックにパンタロンという姿だ。リシャールは「よく似合うが、少し質素に過ぎるのではないか？」と言ったが、育児中のセナはそうそう豪華な衣装も着ていられないと突っぱねた。とにかく、目立ちたくないというのが本音なのだ。この性格ばかりは、いくらリシャールに愛されても、簡単に治るものでもない。

「フレデリックをベッドに寝かせて、こちらにおいで」

「……はい？」

フレデリックを抱いて、カーテン越しの日光浴をしていたセナは振り返った。

「リシャール？」

「いいから。こちらにおいで」

「……はい」

セナはフレデリックをベッドにそっと下ろし、優しく髪を撫でてから、執務に使う机のところにいるリシャールの傍に行った。

「どうしました？」

「セナ、こっちを向いて」

リシャールはセナを自分の前に立たせると、机の引き出しからそっと革のケースを取り出した。中を開くと、目映《まばゆ》いばかりのきらきらかな光が溢れ出す。

「リシャール……」

リシャールがケースから取り上げたのは、ごく細い金のカチューシャのようなものに、透明度の高いダイヤをちりばめたものだった。

「顔を上げて」

ひやりと額に冷たい感触。頭の後ろでかちりと留める。

「これは……」

リシャールが手鏡を渡してくれた。セナの白い額に光のリボンが輝いていた。

「これならいいだろう？　宝冠ではないし、首元や胸元、耳飾りではないから、フレデリックを抱いていても危なくない」

「リシャール……」

リシャールはセナを抱きしめると、優しく唇にキスをした。

「この宝石は、ベルナデットさまの宝冠から取り外したものだ。ベルナデットさまたってのご希望で、セナに王妃の証《あかし》である宝石をまとってほしいと」

「王妃さま……」

あの優しくも強いベルナデット前王妃を、セナは忘れていない。

「拒まないでやってくれ、セナ。ベルナデットさまのお心だ」

「……はい」

セナは頷いた。

「美しいですね……」

光のリボンは、セナの艶やかな黒髪の間から見え隠れして、清浄な輝きを放っている。

「ああ……セナは美しいよ」

「そういうことではなくて……っ」

慌てて言うセナを、リシャールはおかしそうに見ている。からかわれたと悟って、今度はセナが少し拗ねる。

「意地悪を仰るのは……あなたの方です」

「すまぬ」

リシャールが優しく微笑む。

「セナがあまりに美しいのでな。おまえは本当に日々美しくなるな。フレデリックを産んでから、ますます美しくなった」

「そんなことは……ありません」

美しいかどうかはわからないが、セナは確かに自分の顔が変わったとは思う。整ってはいるが、どこか自信なげで不安そうな……寄る辺ない少年の風情から、大人びた柔らかな微笑みの似合う容貌《ようぼう》に変わってきたのだ。

「もっとよく見せておくれ。ああ……よく似合う。本当にきれいだ」

リシャールはセナを愛おしげに抱きしめた。二人は見つめ合い、そして、ごく自然にキスを交わす。

「……愛している」

リシャールのささやきに、セナは頷く。

「僕も……あなたを愛しています」

もう一度抱き合い、キスを交わすために唇を近づけた時だった。

「リシャールさま、セナさま、戴冠式のお時間でございます！」

張り切った召使い頭ジャンの声に、フレデリックがびっくりして泣き出し、リシャールとセナは飛び離れる。

「……ジャン」

ドアを開け、セナは軽くため息をついてから微笑んだ。

「赤ちゃんがいるから……もう少し声を抑えてもらえる？」

「も、申し訳ございません！」

「ジャン」

ゆっくりとリシャールが現れる。

「フレデリックの支度を手伝っておくれ。おまえがあやすとフレデリックが泣き止《や》むからな」

「はい、リシャール……いえ……」

リシャールが生まれた時から仕えているという、誠実な召使い頭が深々と頭を下げる。

「承知いたしました、国王陛下」


王宮前には、戴冠式を終えた若き国王とその配偶者である王配、そして、彼らの間に生まれた奇跡の子と呼ばれる幼い王子を一目見ようと、人々が集まっていた。

「フレデリックは泣いていないか？」

そうリシャールに問われて、セナはくすりと笑った。

「ご機嫌です。この子は大物になりそうです」

戴冠式の間、もしもフレデリックが泣いたらと、セナは気が気でなかったのだが、驚いたことに生後二カ月の小さな王子は、大きな瞳を見開いて、父の戴冠をじっと見つめていたのである。

「それならよいが」

「国王陛下、王配殿下、民が待っております。どうぞ、お姿を」

恭しく言ったのは、この戴冠式を取り仕切った国務大臣である。リシャールは鷹揚《おうよう》に頷くと、長いマントをゆっくりとさばいて、光に溢れたバルコニーに出た。

「国王陛下！」

「リシャール国王さま！」

わっと歓声が上がる。みな、若く美しい国王に熱狂している。

リシャールのプラチナの髪とその上に戴《いただ》いた王冠が目映いばかりに輝く。

「セナ」

リシャールの呼びかけに一瞬だけためらってから、セナはフレデリック王子を抱いて、ゆっくりとバルコニーに進んだ。

薄紫に晴れた空。きららかな真昼の光。セナの額で、光のリボンが輝く。

聖母のように美しい微笑みを浮かべたセナの腕の中には、伝説の瞳……ブルーと銀のオッドアイを持つ奇跡の子、フレデリック王子が優しく抱かれている。

「セナさま！」

「王配殿下！」

民の声が聞こえる。

「聖なる番のお二人に幸あれ！」

「フォンテーヌ王国万歳！」

民の歓声に、リシャールは手を上げて応える。

「セナ」

控えめに少し下がって立つセナに、リシャールは言った。

「この世界は……美しいな」

「はい」

光に満ちた小さな国。おとぎ話のように美しい国王と聖なる番と奇跡の子。

「セナ」

「はい」

「元の世界に……戻りたいと思うか？」

リシャールの問いに、セナはゆっくりと首を横に振る。

「もう……忘れました」

僕の生きる場所はこの小さな……しかし、幸せな世界。

僕はあなたのために生まれてきた。

白い花の中で、僕は生まれた。

ただ、あなたのためだけに。

誇れるものはただ…

　初夏の朝、国を統べる若き国王は、聖なる番《つがい》であるセナと二人の間に生まれた愛の結晶であるフレデリック王子を連れ、お忍びでナーズの森を訪れていた。二人が結ばれてからすでに三年が過ぎ、父譲りのオッドアイを持つ王子も可愛《かわい》らしく成長している。

「シモン、鳥の声が聞こえる。聞いたことのない声だ」

「王子さまはお耳がようございますね」

　三人を出迎えたシモンが、愛らしい王子の姿に相好を崩す。

「さぁ、こちらへ。昨日、ニコラが王子さまにお目にかけたいと、きれいな青い小鳥を捕まえました。王子さまのおめめと同じ色でございますよ」

　リシャールとセナは顔を見合わせて笑う。

「シモン、まるでフレデリックの本当のお祖父《じい》さまのよう……」

「シモン！」

　その時だった。悲鳴のような声が聞こえて、一頭の葦毛《あしげ》の馬が駆け込んできた。飛び降りたのは、背も伸びて、すっかり青年の顔になったニコラである。

「シモン、早く来てっ！　ジャックが……ジャックが……っ！」

「ジャックがどうしたの」

反射的にセナは尋ねていた。ジャックはシモンやニコラと同じ森の一族で、セナにとって、親友のような男だ。彼がいなかったら、おそらくセナは今の幸せを摑《つか》めなかっただろう。

「……誰《だれ》かが使っていた草刈りの鎌《かま》が飛んで……ジャックの足に突き刺さって……っ！」

ニコラの言葉を聞いた瞬間、セナは愛馬に鞭《むち》を入れ、走り出していた。

ジャックは右の太股《ふともも》をざっくりと切って、ぐったり横たわっていた。

「よぉ、セナ……今日も美人だな……」

力なく笑うジャックに、セナは無言のまま、自分のチュニックの袖をむしり取った。一気に引き裂いて、紐《ひも》状にすると傷の上をきつく縛る。

「いてて……」

「エマ、きれいな布と水を。それから……お裁縫に使う針と新しい絹の糸を持ってきて。あと……切れ味のいいナイフと……火を点《つ》けたろうそくも」

「おい、何する気だ……」

いつもは減らず口しか叩《たた》かないジャックだが、さすがに口調に力がない。セナは邪魔になる残ったチュニックの袖も引きちぎった。

「セナっ！」

そこに馬で駆けてきたシモンが追いついた。後ろにリシャールとフレデリックもいる。

「シモン、お願いがあるんだけど」

セナはエマが運んできた水で手を洗い、出血の勢いが落ちたジャックの傷を布で丁寧に拭《ふ》いた。傷の大きさと深さを確認する。

「ジャックを眠らせることはできる？　あなたの……術で」

シモンはさまざまな術を使う。彼は小さく頷《うなず》くと、右の人差し指と中指を重ねて口元に当て、つぶやくような声で呪文《じゅもん》を唱えた。すうっとジャックの瞼《まぶた》が落ちる。

「……ありがとう、シモン」

セナは小さく息を吐いた。そっと自分の白い両手を見下ろす。

手に馴染《なじ》んだ持針器もメスもクーパーもない。消毒も十分ではない。しかし、このままにしておいたら、確実にジャックは命を落としてしまう。セナは針をろうそくの火にかざして、消毒した。ナイフも同じように消毒し、ジャックの傷をもう一度確認する。幸いなことに大きな血管は切れていないようだ。しかし、傷は深く、汚染もある。できる限り、汚染された部分をナイフで切り取り、水で洗い流す。

「おかあさま……血だらけだよ……」

リシャールに抱かれたフレデリックが、父の腕にしがみついている。

「おかあさまはジャックの命を助けようとしているのだ。よく見ておきなさい、フレデリック。おまえのおかあさまは素晴らしい方なのだよ」

真っ直《す》ぐな針は縫いにくいがこれしかないのだから、仕方がない。一針一針丁寧に縫い止めていくうちに出血が止まってきた。筋組織を縫合したところで、太股を締めていたチュニックの袖を切った。あまり長い間血流を止めておくと、壊死《えし》してしまう。

「エマ、傷に当てるきれいな布と包帯を用意して」

「は、はい！　セナさま！」

表皮を丁寧に合わせて、縫っていく。十五針ほど掛けると、傷が塞《ふさ》がった。エマが震える手で差し出す布を当てて、包帯を巻く。

「……う……」

セナがふうっと深く息を吐き、肩の力を抜いた時、ジャックが微《かす》かな声を上げた。シモンの術が解けたのだろう。

「俺……死んだのか……？」

「……死なないようにしました」

セナは掠《かす》れた声で言った。

「僕にできることは……しました。後はあなた次第です……頑張ってください……」

そして、セナはゆっくりと立ち上がった。緊張が解けて、ふらついたのをリシャールがしっかりと抱き留めて、支えてくれる。

「リシャール……」

優しい腕に抱かれて、なんだか泣きそうになってしまう。この手は、心は忘れていなかった。医師としての矜持《きょうじ》、誰かを救いたいと強く願う気持ちを。そして。

「セナ、おまえは……私の誇りだ」

愛する人……あなたの隣で、あなたと共に生きていけることが……僕の誇りです。

あとがき

こんにちは、春原いずみです。「転生ドクターは聖なる御子を孕む」お届けいたします。

いつもラルーナ文庫では、編集さまにいろいろと無茶ぶりされているのですが、今回も超絶無茶ぶりでして、「転生ものを」というオファーを聞いた時には「はいー？」と右京さんしてしまいました（笑）。さぁ、それからが大変でした。何せファンタジーは私のボキャブラリーの中にありません。衣装ひとつとっても、何を着せればいいのやら（結果的に中世から近世ヨーロッパとなりました）。一作だけＴＬでファンタジーを書いたことがありましたが、ここまで世界を作り込んではいなかったので、頭抱えつつ、手探りで書いたのが本作です。少しでも異世界を感じ、楽しんでいただけたら幸いでございます。

そんな本作では、北沢きょう先生に素晴らしいイラストをいただきました。私の拙い異世界ファンタジーを北沢先生の華麗なイラストで飾っていただけたのは、大きな喜びです。

今日もあなたが別の世界に飛ぶお手伝いができることを祈りつつ。SEE YOU NEXT TIME!

春原いずみ

ラルーナ文庫

この本を読んでのご意見・ご感想・ファンレターなどお待ちしております。**〒111-0036 東京都台東区松が谷1-4-6-303 株式会社シーラボ「ラルーナ文庫編集部」**気付でお送りください。

本作品は書き下ろしです。

転生《てんせい》ドクターは聖《せい》なる御子《おこ》を孕《はら》む

2022年6月7日　第1刷発行

著　　者｜春原《すのはら》 いずみ
装丁・DTP｜萩原 七唱
発 行 人｜曺 仁警
発 行 所｜株式会社 シーラボ
〒111-0036　東京都台東区松が谷 1-4-6-303
電話　03-5830-3474／FAX　03-5830-3574
http://lalunabunko.com
発 売 元｜株式会社 三交社（共同出版社・流通責任出版社）
〒110-0016　東京都台東区台東 4-20-9　大仙柴田ビル 2階
電話　03-5826-4424／FAX　03-5826-4425
印刷・製本｜中央精版印刷株式会社

ISBN978-4-8155-3270-3

LaLuna

毎月20日発売！ラルーナ文庫 絶賛発売中！

アルファは薔薇を抱く ～白衣のオメガと秘密の子～

春原いずみ ｜ イラスト：亜樹良のりかず

隠し子をかかえる心理カウンセラー。
新任の整形外科医との出会いになぜか心が揺れて…。

定価：本体700円＋税

三交社

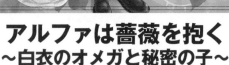